キスは絶対お断り!!

婚約破棄したい侯爵令嬢ですが、完璧王太子の溺愛から逃げられません

火崎　勇

Illustration
なおやみか

gabriella books

キスは絶対お断り!!
婚約破棄したい侯爵令嬢ですが、完璧王太子の溺愛から逃げられません

contents

少し昔の話をしよう。

ある国に一人の魔女がいた。

魔女は呪《のろ》いを操《あやつ》り、薬を作って生計を立てていた。

そんな彼女の元へ病気の母のために薬を求めてきた男が訪れ、心を通わせるようになった。

男は貴族であったが、不実でも軽薄でもなく、真摯《しんし》に魔女と愛を育んだ。

跡取りであるが故に身元の怪しい魔女と婚姻はできなかったが、彼女がそれでもいいと言ってくれたので、愛妾《あいしょう》として囲うことにした。

やがて家の結び付きとして貴族の令嬢と結婚することになった時も、自分には愛する者がいると伝え、二人の女性を引き合わせた。

魔女は身の程をわきまえているから、妻になどならなくていい、どうか時々会えるようにして欲しいと正妻に願った。

妻となった女性は政略結婚であることを受け入れていて、魔女が何も望まないならばそれを許すと答えた。

正妻にも、想う相手がいたのだ。

女達は互いに一番望む愛を手に入れて、魔女は妻の座を、正妻は夫の愛を手放すことを受け入れたのだ。

やがて魔女は娘を産み、正妻は息子を産んだ。

魔女の娘は実子として貴族の娘としての籍も貰え、その家から嫁にも出た。

魔女が娘の嫁入りに際し呪いと薬の作り方を教えたのは、娘を魔女にしたかったからではなく、『魔女』という名に誇りを持っていたからに過ぎない。

魔女の娘がその娘にそれを伝えたのも、母からの願いを叶えるためでしかなかった。

なので、魔女の娘達は呪いや薬の作り方は伝えたが、それを行使することはなかった。魔女としての僅かな知識が伝わったのは伝承に過ぎない。

魔女と呼ばれた女の孫は美しい少女だった。

その娘は子爵家の正当な娘として生まれたので、彼女が魔女の血統《けっとう》であることを知るのは母方の筋の者だけであり、口外することもなかった。

本人も、魔女の血を引いているとは知っていても、自分が魔女だとは思ってもいなかった。

ある日、その少女が両親と共に大きなガーデンパーティに出席した。

まだ社交界にデビューもしていなかったが、隣国の大使の来訪を歓迎しての緩《ゆる》やかなパーティで、彼女と同じ年端の少年少女も招待されていたのだ。

そこで彼女が結い上げていない長い髪を樹の枝に引っかけてしまう。

困っていた彼女を助けたのは、一人の青年だった。、
青年は隣国の大使の息子で、彼女がこれまで見たこともないほど美しい青年だった。

「あなたの髪が美しいので樹の精霊がイタズラ心を起こしたのでしょう」

青年は社交に長《た》けていたが、少女は異性にそんな言葉を掛けられたのは初めてで、美しいと言われたことで舞い上がってしまった。

幼かった。

社交を知らなかった。

少女はこれを運命の出会いと思い、彼が自分の運命の人と信じた。

「私をあなたの妻にしてください」

というセリフを、周囲の大人が聞いていたら驚いて彼女を叱っただろう。

けれどそこにいたのは二人だけで、咎める者はいなかった。

青年は少女の幼さに微笑み、やんわりとした断りを告げた。

「あなたはまだ幼い。結婚は恋を知ってからになさい。大人になれば誰もが振り返る女性になるでしょうから」

子供だから、恋を知らないからそんなことを言うのだろう。大人になれば、偶然の出会いではなく相手が選べるようになるから、その時まで結婚などは考えない方がいい。

青年はそう告げたつもりだった。

だが少女は違った。

彼は私が大人になって美しくなったら結婚しようと言ってくれたのだ、と思ってしまった。

二人の出会いはその一時だけで、青年はすぐに隣国へ戻ってしまった。

彼にとって少女は、可愛い少女だと記憶に留めながらも旅先の思い出に過ぎなかった。

恋などするはずもない。

何故なら、彼には母国に婚約者がいたからだ。

彼と婚約者は幼馴染みで、子供の頃に婚約をし、相思相愛であった。

愛しい女性を前にして、彼は旅先の思い出などすぐに忘れてしまった。

それを非情とは言うまい。たった一度、出先で会った子供のことをいつまでも覚えていることの方が稀というもの。

やがて年が過ぎ、少女は社交界にデビューもし、令嬢と呼ばれる年齢になった。

なんとか彼の元へ向かいたいと思ったが、彼女が『愛する人が隣国にいるの』『彼に嫁ぎたいの』と言っても、誰も信じてはくれなかった。

夢でも見ているのだろうと笑われた。

周囲が否定する度、彼女の恋心はつのり、夢想は深くなる。

彼は私を待っているはず。

彼のところに行けば、すぐにでも喜んで結婚してくれるはず。

私達は愛し合っているのだから。

そんなふうに思い込んでしまった。

そんな彼女の元に、従兄弟《いとこ》が隣国へ留学するという話が届いた。

彼女は両親を必死に説得し、少しの間だけでもいいから隣国へ行きたいと願った。

今までこれといった我が儘も口にしたことのない娘だったし、従兄弟の留学に付いて行くだけならば問題はないだろう。

むしろ一度行って、夢から醒めてくれるなら、その方がいい。

そう考えて、父親が同行することを約束させ、隣国へ向かった。

正式に先触れを出して訪れた先はあの青年の家、侯爵家であった。

ほぼ面識のない他国の子爵家の者が訪れるというのに、侯爵家では彼等を歓迎してくれた。青年は先触れの手紙を見て少女を思い出したのだ。

立派な侯爵家の邸宅を見て、令嬢の心は浮き立った。

自分はこの屋敷の女主人になるのだ、と。

迎えに出てくれた青年は年を経て更に凛々しくなり、笑顔で彼女達を迎えてくれた。

きっと『待っていたよ、愛しい人』と言ってくれる。

抱き締めて、キスされるかもしれない。

だが、彼女の夢はそこで弾けた。

彼の隣には妻となったかつての婚約者が、産まれたばかりの赤子を抱いて微笑んでいたのだ。

「いらっしゃい、可愛いお嬢さん。すっかりレディになられましたね。紹介しましょう、私の最愛の妻と娘です」

妻。

娘。

それは自分が呼ばれるべき立場、それは自分が彼のために授《さず》かるもの。なのにどうして見知らぬ女がそれらを手にしているというのか。

妄想から強引に目覚めさせられた彼女の中で、何かが壊れてドロリとした黒い感情が溢れ出た。

「嘘吐き！　私というものがありながら他の女と結婚するなんて！」

驚く夫婦の前で、彼女は言い放った。

「裏切り者！　許せないわ！　あなた達なんか不幸になればいいのよ！　結婚を破棄したあなたに相応しい呪《のろ》いを与えてやる！　その娘は一生まともな結婚などできないようにしてやるわ！」

呪詛である。

そして不幸にも、彼女の血には呪詛を行使できる力があった。

呪いが発動するかどうかもわからなかったが、父親は子爵家の娘が侯爵家に暴言を吐いたことを詫び、娘を取り押さえると謝罪して早々に退出し、帰国した。

呪いの言葉に驚きはしたものの、目に見える変化はなく、思春期の女性のヒステリーとしてその一件は片付けられた。

侯爵夫妻は心優しい人達だったので、全てを不問に処したのだ。

だが、呪いは確実に発動していた。

呪詛を吐いた本人にも、呪いをかけられた侯爵夫妻とその娘にも気づかれないまま。

侯爵の娘は呪われてしまった。

それは、ほんの少し前の話だった……。


その日は、色んな意味で私にとって『運命の日』だった。

国内貴族の十歳から十六歳の令嬢全てが招かれる、この国の第一王子であるロウェル殿下の初めての婚約者選びのパーティ。

その席に私、十歳になったエリザ・ラクタ・オンブルーも出席する。

初めての公式の席ということで、数日前から心は浮き立っていた。

王子様と会える。

パーティに出席できる。

どちらも初めてで、緊張して眠れなかった。

「殿下は今年十四歳になられる。まだ今回は年頃の令嬢達と顔合わせをするだけで、これで婚約者が決まるわけではないのだよ」

ふわふわの銀髪を白いレースのリボンを付け、新しいピンクのドレスに身を包んでそわそわしている私を見て、お父様は笑った。

「集まったご令嬢の中でも、エリザが一番可愛いだろうが、もし王子が申し込んでも嫌だったら断っていいんだよ」

お父様の言葉に、お母様も同意した。

「そうよ。我が家は政略結婚なんて必要ないんだから、自分の好きな方と結婚していいのよ」

「でも王子様って素敵な方なのでしょう?」

私が訊くと、お父様は頷いた。

「ああ、それはね。頭もよいし、性格もいい。まだ十四歳とは思えないほど立派な方だ。けれど人の好みはそれぞれだから」

「あなたはエリザを手放したくないだけでしょう」

「だってまだ十歳なんだよ?　結婚なんて早いさ」

「選ばれても、婚約だけよ。結婚なんてまだずっと先だわ」

「……それでも、やっぱり他の男に渡したくない」

子供みたいにふいっと顔を背《そむ》けるから、お母様は苦笑した。

「お姉様、お嫁に行くの？」

今日の集まりには参加できない一つ下の弟、ウィルベルが心配そうにドレスにしがみつき、メイドにそっと引き離された。

「ずっと先のお話ですよ、坊ちゃま。ドレスが皺《しわ》になりますから、しがみついてはいけません」

「でも……」

「お嬢様がご結婚なさると、坊ちゃまにお兄様がおできになるんですよ？　素敵なお兄様かもしれませんよ？」

「お兄様？　……いい、僕、お姉様だけでいいもの」

拗ねる弟に視線を合わせるように屈み、私はその頭を撫でた。

「まだ結婚なんてしないわ。今日はパーティに行くだけ。ちゃんとお留守番をしていたら、夜は一緒にゲームをしましょう」

「本当？　約束だよ？」

「ええ」

パーティや王子様という言葉にドキドキはしていたけれど、結婚とか婚約なんてまだ遠い話。選ばれるかどうかもわからないのに、我が家の男性達は心配性だわ。

「さ、それじゃ行きましょうか。エリザは浮かれて粗相をしないようになさいね」

「酷いわ、お母様。私はもう立派なレディよ」

「はい、はい」

ドレスの裾を摘まんで、踏まないように気をつけながら馬車に乗る。

パーティは子供達が主体だから、王城の庭で行われるが、王城へ向かうのも初めてなので、窓から顔を出してずっと外を見ていた。

大きな屋敷が連なる貴族街を抜けると、遠くにお城が見える。何度か遠目に見かけたことはあるけれど、そこに向かって行くのは初めて。

ああ、何もかもが『初めて』だわ。

「よいお嬢さんは窓から顔を出したりしないものよ」

お母様に叱られて窓から引き離されたけれど、意識はずっと窓の外だった。

オンブルー侯爵家のタウンハウスはお城に近かったので、退屈を感じる前に到着する。

先にお母様をエスコートして馬車から降ろしたお父様が、私にもエスコートしてくれた。いつもは侍従に抱えられて降りるのに。

「どうぞ、こちらへ」

目の前には巨大なお城があるけれど、今日はお城には踏み入ることができない。

お城の中でのパーティはまだまだ先なのが残念だわ。外から見てもこんなに素敵なのだから、きっと中も素敵でしょうに。

「オンブルー侯爵、お久し振りです。そちらがお嬢様？」

「ええ、娘のエリザです」

庭に出ると、すぐに人々が集まってくる。

お父様は美貌の侯爵として有名なのだ。

もちろん、お母様も社交界の花だ。

だから私もすぐに大人達に囲まれてしまった。

「お父様譲りのふわふわな銀の髪なのね」

「お顔立ちは奥方に似て愛らしい」

パーティに出席すると決まった時、お父様から言われていた。

婚約者の選定だけでなく、パーティでは王子の側近を募る目的もあるので貴族の子息も参加する。

親達はきっと自分の息子の婚約者を選ぼうとするだろう。だからあちこちから声を掛けられるだろうが、無視しておきなさい。男の子とは無闇に親しくならないように、と。

でもご挨拶はちゃんとしなくちゃね。

「初めまして、オンブルー侯爵家の娘、エリザでございます。どうぞよろしくお願いいたします」

今日のために必死に練習したカーテシーを披露《ひろう》する。

スカートを広げて片方の脚を引き深く腰を下ろすこの挨拶は、バランスを取るのが難しくて最初のうちは身体がグラグラと揺れてしまった。

でもどう？

今日は満点でしょう？

「まあ可愛らしい」

「しっかりなさってるわね」

うん、お褒めの言葉をいただけたわ。

「エリザ、ここから先はお父様達とは別行動だ。何か困ったことがあったら、近くにいる侍従やメイドに声を掛けなさい」

「はい」

「では頼んだよ」

お父様は控えていたメイドに私を引き渡すと、他の大人の方達と一緒に建物に近いところにある席へ向かった。

私とメイドは庭にしつらえたテーブル席へと向かう。

広いお庭には幾つものテーブルが並べられ、既に着席している人が多い。こういうのって、身分が下の人から集まるものらしい。身分の高い人の待ち時間が短くなるように。

私の家は侯爵家だから、決して遅刻したわけではないのだけれど、入って行くなり向けられる視線に焦ってしまう。

「こちらへどうぞ」

席は決まっていて、私は八人掛けのテーブルに案内された。

座っているのは女の子ばかり、お父様は褒めてくださったけど、他の令嬢達もとても美しいわ。年上のお姉様もいて、ふわふわのドレスを着た私など子供にしか見えない。

緊張して待っていると、ほどなく全ての席が埋まり、王妃様とロウェル殿下が姿を見せた。

「皆さん、今日はよく来てくれました」

柔らかな声でご挨拶する王妃様は、とても美しかった。

この国では珍しい真っ黒な髪は、南の隣国の王女様だった証《あかし》でもある。そしてその隣に座るロウェル殿下も王妃様と同じ黒髪だった。

「色々と大人には考えはあるのでしょうが、王子と同じ年頃の子供達と親睦を深めるための催し程度に思ってくれてかまわないわ。私もすぐに退席しますから、後は自由になさい。席も立ってかまわなくてよ」

賢妃と名高い王妃様の声は落ち着いていて、砕けた口調で話しているのに威厳を感じる。

「庭の花を見るもよし、お茶やお菓子を楽しむもよし。その中で気が向いたら、ロウェルと話をしてあげてね」

パーティの目的ははっきりしているのに、そう言って緊張をほぐしてくださっているのだ。

「それでは、後は自由にね」

にっこりと微笑んで王妃様が席を外し、大人達の集まりへ向かう。近くに控えていたメイド達が皆にお茶のサーブを始め、一気に場の空気が緩む。

「王妃様ってやっぱり素敵ね」

隣にいた金髪の年上らしい女の子が声を掛けてきた。

「ええ、本当に」

よかった、社交的な人がいて。

「私はリンゼイ伯爵家のリリアナ。あなたは？」

「私はオンブルー侯爵家のエリザです、どうぞよろしく」

「こちらこそ」

反対側に座っていたブラウンの髪の少女も、おずおずと声を掛けてくる。

「あの……、私はコルロナ伯爵家のミリアです」

「よろしく、ミリア様」

パーティはそんなふうに和やかに始まった。

主役のロウェル殿下は、既に顔見知りらしい男子達に囲まれて何か話をしていたが、促されるようにして各テーブルを回り始める。

私達のテーブルは二番目だった。

「こんにちは、お嬢さん」

遠目からでも美しい少年だと思っていたけれど、近くでみるともっと素敵。

本当の王子様だわ。

真っ黒の髪に深い紫の瞳が神秘的。

顔立ちにも幼さなどなく、きりっと眦が上がった目が凛々しくて、お父様の言った通りとても十四歳には見えないわ。

見蕩れてしまいそうだけど、背筋を延ばしてしゃんとしないと。

「御機嫌麗しく、お目にかかれて光栄ですわ殿下」

社交的だったリリアナさんが一番に挨拶をする。

「お言葉、ありがとうございます」

私も続いて会釈し、他の令嬢達も続いた。

「ありがとう、皆も楽しんでいってくれ」

殿下は微笑みながら全員と視線を合わせて会釈をしてくれたけれど、名前を尋ねられることもなくすぐにテーブルを離れてしまった。

隙のない行動。

あっけないほど短い邂逅。

残念だけど、当然ね。ここにいる全員とご挨拶しなければならないのだもの、一カ所に留まってはいられないのだわ。

間近でご尊顔を拝見できただけでもよしとしなくちゃ。

でも、リリアナ様は「失礼」と言って席を立つと、殿下と取り巻きの一行の一人に声を掛けた。どうやら親戚らしい。

そして彼女はそのまま彼等に付いて行ってしまった。

「リリアナさんは本気のようですわね」

ミリアさんが隣から話しかける。

「本気？」

「殿下の婚約者になりたいのですわ」

「でも今日は顔合わせだけなのでしょう？」

「それでも、印象を残しておきたいのですわ。お声をかけてらしたマークスさんはお従兄弟さんじゃなかったかしら？　きっと彼に頼んで紹介してもらうつもりなのだわ」

なるほど。

「エリザさんは追いかけないのですか？」

「私ですか？」

「だって、侯爵家の令嬢でしょう？　現公爵家に釣り合いのとれるお嬢さんがいないのですもの、侯爵家の令嬢は候補筆頭では？」

「でも侯爵家の令嬢は他にもいらっしゃるわ。私は王子様にお会いできただけでも満足です」

「欲の無い方なのね」

「王子様に憧れはあるけれど、まるで綺麗な彫像のようでしたわ」

「それは失礼だわ。うーん、美術品を鑑賞したみたい？　拝見できて満足、みたいな」

「わかりますわ。凛々しくて素敵でしたものね」

それでも視線はつい殿下を追いかけてしまう。

他の方達より少し背の高い殿下の横顔がちらちらと見える。

ずっと張り付いたような美しい笑顔を浮かべ、優しく皆に声をかけている姿は現実味に欠ける。

お会いしたいと願って、間近でみたらやっぱりドキドキしたけれど、距離を感じてしまう。

あまりに神々しくて、自分があの方の側に立つなんて考えられないわ。

ミリアさんが人間味がないと言ったけれど、当たってるかもしれない。

殿下は美術品なのだわ。

殿下達が遠のいてその姿が見えなくなったので、私はテーブルのお菓子に手を出した。

本当は、ちょっと未来の王妃様という響きに夢は見た。

でも殿下の完璧なお姿を見たら、そんな夢が分不相応なのだと思い知った。

憧れは憧れのままの方がいいわ。

時間が経つにつれ、皆が席を移動し始める。

じっとしていることが我慢できなくなって庭のあちこちに散る人、知り合い同士で集まる人、殿下の後を付いて回る人。

大人達が何も言わないので、好き勝手だ。

私は女の子達と会話を楽しんでいたが、男の子達に声を掛けられ始めたので、席を離れた。男の子達とはあまり親しくならない方がいいとお父様に言われていたので。

メイドに庭園を散策すると伝えてからパーティの会場から離れる。

うん、今日はお城の庭を楽しむことにしましょう。

婚約とか結婚とかを考えるにはまだ早いけれど、一つだけわかったことがあるわ。

私、結婚するなら心の見える人がいい。

お父様はいつもお母様の前で笑ったり拗ねたりしていた。それが可愛いというか、真実というか、飾りなく向き合っている感じがした。

殿下の美しい微笑みは、見ていてうっとりはするけれど何を考えているのかわからない。

一生一緒にいる人ならば、ちゃんと心の見える人がいい。

今度お父様に婚約の話をされたらそう言ってみよう。私、一緒に笑ってくれる人がいいですって。

そんなことを考えながらバラが満開の庭園をふらふらと歩いていると、植え込みから突然人が出てきた。

驚いて身体が固まったが、すぐに相手の身につけている道具でそれが庭師の人だとわかった。

「こんにちは」

私が声を掛けると、庭師のおじいさんは驚いたようにこちらを見た。

「……こんにちは、お嬢様」

「このバラはおじいさんが育てたんですか？」

「え？　あ、はい」

話しかけられると思っていなかったのか、戸惑ってるように見える。

「とても綺麗ですね」

「ありがとうございます」

日に焼けた顔が困ったように歪んだのは驚き？

それとも体調が悪いのかしら？

「具合でも悪いんですか？」

思わず問いかけると、おじいさんはまた驚いた顔になった。

「いえ、あの……。お嬢様の前に姿を見せて申し訳ないです」

「どうして？　お仕事をなさってるのでしょう？　申し訳ないことなんてありませんわ」

答えたところで強い風が吹いて、髪がバラの枝にからまってしまった。

「あ」

私の髪は細くてふわふわなので、ブラッシングが大変なくらいだった。その細い毛が、トゲに引っ掛かってしまったのだ。

「じっとしてください。わっしでよければお取りします」

「お願いします」

おじいさんが近づいて来ると、また別の方向から物音がした。

「何をしている」

凛とした声。

「……殿下」

「少女に何をしているのかと訊いたのだ。答えろ」

見ると、笑顔を消して険しい顔をしたロウェル殿下の姿があった。

「いえ、あの……、お嬢様の髪が……」

おじいさんは俯いてしどろもどろになってしまった。

これはあれかしら？　おじいさんが私に何かしようとしたと誤解しているのかしら？

「殿下、バラに髪がからまったのでおじいさんが取ってくれようとしたのです」

仕事の邪魔をした上に誤解で怒られては可哀想だと思って、私から声を上げた。

「髪？」

「はい。あ、痛っ！」

おじいさんを庇おうとして動いた拍子に、髪がツッと引っ張られる。

「ハサミを持っているか？」

殿下がおじいさんに問いかける。

「は、はい」

「髪を切らないで！」

「私は女性の髪を無闇に切らせたりはしないよ。バラを切ってやれ」

「はい」

おじいさんはちらちらと殿下を様子を窺いながら、髪のからまった枝を持っていた大きなハサミでパチンと切ってくれた。でもまだ髪はからまったままだ。

おじいさんは切った枝から葉を取り、からまった毛を解いてバラを渡してくれた。

「ありがとうございます。でもこのバラはお城のバラなのでしょう？　私に渡してはいけないのではありませんか？」

「イタズラをしたバラが悪い。それは君にあげよう」

答えたのは庭師のおじいさんではなく、殿下だった。

「庭師が失礼をしたようだな」

「違います！　おじいさんは私を助けようとしてくれたんです。それは間違えないでください」

王城で働く者が殿下に叱られるということがどういうことかぐらいはわかるので、私は強めに訂正した。

「たかが庭師を庇うのかい？」

「その庭師が、この庭を美しくしてくれてるのですもの『たかが』ではありません。私にはこんなにバラを綺麗にすることはできません。アブラムシも嫌いですし」

「アブラムシ？」

「バラにはアブラムシが付くものだと、うちの庭師が教えてくれました。一度見ましたがとても気持ち悪かったです。あれを退治できる人は勇敢だと思います」

「アブラムシ退治が勇敢か」

「殿下は見たことがありまして？　本当に嫌なものなんです」

「それはそのバラについてる小さな虫のことか？」

手にしたバラを指さして言われたので、私は「ヒッ！」と声を上げて思わずバラを手放し、のけ反るようにして尻餅をついてしまった。

「お嬢様！」

「い……、いやっ！」

「冗談だ」

殿下が笑って手を差し出してくれた。

けれど私はその手を取らなかった。

「酷いわ……、新しいドレスだったのに……」

ボロボロと涙が零れる。

「お母様と一緒に、今日のために仕立てて……、泥がついて……もう人前には出られないわ……」

悲しくて、涙が止まらない。

何が美術品のような王子様よ。

子供らしくない凛々しい方よ。

こんなイタズラを仕掛けて笑うなんて、子供そのものだわ。

「……すまなかった」

殿下は私の前に跪いて再び手を差し出した。

「今のは私が悪かった」

涙を拭って顔を上げると、目の前に申し訳なさそうな殿下の顔があった。それは血の通った人の表情だ。本気で反省しているのだわ。

「立てるか？　どこか痛むか？」

殿下はハンカチを取り出し、差し出してくれた。

おずおずと受け取ると、殿下は傍らにいた庭師に「メイドを呼んできてくれ」と命じた。

庭師はハッとしたように何度も頷きながら、パーティの会場の方へ走って行った。

「君、名前は？」

「……オンブルー侯爵家の娘で、エリザです」

「エリザ嬢、本当にすまなかった。ドレスは私から新しいものを贈らせてもらおう」

「……結構です」

「ドレスが汚れて悲しいのだろう？」

「だって、殿方からドレスを贈っていただけるのは、家族か婚約者だけと聞いてます。殿下は私の家族でも婚約者でもありませんもの」

「私の婚約者になりたくてここに来たのだろう？　私からドレスを贈られたのは自慢になるのではないのか？」

「婚約者候補を選ぶパーティに出席しろと言われたから来たのです。婚約者になりたくて来たわけではありません。ちょっぴり殿下とお会いしてみたいという気持ちはありましたけど」

「だが親は違うのではないか？」

「お父様は嫌なら断っていいと言いました」

何故か、殿下は驚いた顔を見せた。

「オンブルー侯爵がそう言ったのか？」

「はい、私に婚約だの結婚はまだ早いと」

すると彼は突然笑い出した。

あ、これは『普通』の笑顔だわ。

「そうか、断ってもいいと言ったか。そして君も私と婚約したいわけではない、と」

「だって、私はまだ十歳ですもの」

「婚約をするには十分な歳だと思うが？」

「そうなのですか？　でもお父様は好きな方ができるまでは決めなくてもいいと……」

「好きになった相手と結婚したいのか？」

「当然ですわ。結婚したらその方と死ぬまで一緒なのですよ？　好きでなければ一緒にいる努力もできないではありませんか」

「好きだから努力をする、か。なるほど、素敵な考えだ」

そこへ先ほどのおじいさんが二人のメイドを連れて戻ってきた。

殿下が浮かべていた笑みを消し、王子然とした表情に戻ってしまう。

「私が彼女にイタズラを仕掛けて転ばせてしまった。別室へ案内し、ドレスを着替えさせてやってくれ。このドレスの汚れは落とせるか？」

彼が場所を譲ったので、メイドが二人がかりで私を立たせ、ドレスの様子を見た。

「土は乾いておりますので、すぐに綺麗にできます」

「そうか、ではそうしてやってくれ。オンブルー侯爵令嬢なので、侯爵にそう伝言を」

「かしこまりました」

「エリザ嬢」

殿下は私に向けて微笑んだ。

「君を婚約者には選ばないが、友人になろう。友人ならば、ドレスは受け取れなくても、他の贈り物は受け取れるだろう？　イタズラの詫びとしてここのバラを後で届けさせる。もちろん、トゲもアブラムシも取って」

『アブラムシ』と言った時に笑顔が失笑になったのは、からかってるからだわ。

「殿下が気遣われなくても、こちらのお庭はきっとおじいさんが虫を駆除していると思いますわ」

だから、ぷんっと頬を膨らませ答えると、また笑われてしまった。

「友人になることは否定されなかったようだから、今後は私をロウェルと呼ぶように。案内してさしあげろ」

「はい。さ、お嬢様、こちらへ」

メイドに促されて、私はその場を離れた。

殿下と友人？

ロウェルと、お名前を呼ぶように？

意地悪されてドレスを汚されたのば事実だけれど、そのお詫びとしては大き過ぎる謝罪ではないのかしら？

「あの……、今のをどう思われますか？」

付き添ってくれるメイドに尋ねると、『今のとは？』という顔をされる。

「殿下は私の友人になられたのでしょうか？」

「私達からは何とも申し上げられませんが、殿下がそのようにおっしゃられたのは確かにこの耳で聞きました」

そう言われては、疑うべくもないのだろう。

その後、私は興味のあった王城の中の一室に通され、着替えをしている最中に知らせを受けて駆けつけてくれたお父様達と共に退出することになった。

不敬に当たるのではないかと思ったけれど、パーティ自体がもう終わりに近いから殿下から帰宅の許可を得ているらしい。

何があったかの説明をさせられたが、話をすると二人共苦笑していた。

私が着ていたドレスは後日綺麗にして屋敷に届けるということで、そのまま屋敷へ戻った。

とても大変な一日だった。

お城へ行って、王子様に会って、お友達ができて、ドレスが汚されて途中退場して。

……殿下とお友達になった？

「本当かしら？」

あの時、私をメイド達に任せて丁寧に世話をさせるために言ってくれただけじゃないのかしら？

婚約者にはしないって言っていたということは、私、フラレた？

よくわからないわ。

大変な一日だったけれど、ウィルベルと遊んでいるうちに全てを思い出にすることに決めた。

イタズラした時の笑顔やすまなさそうな顔は、殿下の素の表情だったのだろう。それが見られたことはちょっと特別だったわ。

だから今日はいい思い出に分類しておこう。

次に殿下とお会いするのは私が社交界にデビューした時か、また大きな催しがあった時だろう。その時まで、殿下が私のことを覚えていてくれるかどうかわからないもの。

そう思っていたのに……。

それが誤りであることを翌日知るのだった。


「素敵な庭だね」

目の前に、ダークブルーの上着を着た黒髪のきりりとした王子様がいた。

「お茶も美味しいし、菓子も可愛らしい」

彼の手にあるのは私の大好きなスミレの花の描かれたティーカップ。

「バラはここからは見えないけれど、後で案内してもらおうかな」

彼が眺めているのは、私の家の庭だ。

……どうしてこうなったのかしら。

何が起こったら、我が家のテラスで私がロウェル殿下と二人きりで差し向かいでティータイムを楽しむことになるのかしら。

いえ、正確には『二人きり』ではないわね。

私の背後には侍女長と我が家の護衛騎士が立っているし、殿下の後ろには侍従と近衛の騎士が控えているもの。

でもテーブルに着いているのは私と殿下だけ。

「どうしたの？　エリザ嬢。折角こうして会えたのだからもっと楽しそうにして欲しいな」

「一つ質問をお許しいただけますでしょうか？」

「ん？　何だい」

「どうして殿下が私の家を訪れているのでしょうか？」

今朝、お父様が出仕なさってすぐに、王城からの使いがやってきた。本日、ロウェル殿下が我が家を内密に訪れる、と。

当然ながら屋敷の中は大騒ぎ。

お母様はすぐにお父様に知らせを送り、親しくしている王妃様にもどういうことでしょうかと手紙を出した。

双方からの返事はすぐに届き、殿下は昨日のお詫びにいらっしゃるとのことだった。

お父様が確認を取ったけれど、この来訪は婚約とは無関係で、殿下がご自分のなさったことを国王夫妻に報告して、正式に謝罪するように言われたらしい。

正直、驚かされて尻餅をついたのが、そんなに大層なことなのかと思ったが、お母様曰く小さな子供のしたことなら笑って済ませられるけれど、王子が正式なパーティの最中に侯爵家の令嬢にしたとなれば、場合に因っては大事になるらしい。

万が一怪我でもさせていたら、責任をとって婚約、ということもあり得たようだ。

もちろん、私は無傷だったのでそれはないだろうけど。

そして、今だ。

ロウェル殿下は両手一杯のピンクのバラの花束を持って我が家を訪れ、庭先でお茶をしている。

「昨日の詫びだと先触れを出したはずだが？」

「はい。それはうかがいました。けれど私は怪我などは負っていませんし、ドレスも綺麗にして届けていただきました。素敵なバラの花束もいただいて、これ以上の謝罪はないかと思います」

「私の謝罪は受け入れてくれるのだね？」

「それはもちろん。殿下自らが足を運んでくださるなんて思ってもみませんでした」

「私が来たことは嬉しくない？」

「いいえ、嬉し過ぎて驚いているのです。私ごときにここまでしていただけるなんて。でも、婚約者選びをしている最中に訪れるのは……」

「私が来て、婚約者に選ばれたと自慢できるのでは？」

「殿下は私を婚約者にはしないとおっしゃいましたわ」

私が答えると、殿下はカップを置いて椅子に背をもたせ掛けて脚を組むと、嬉しそうに笑った。

「そういうところがいいね」

「はい？」

「こちらへ向かう前に、城でオンブルー侯爵とお会いした」

「父に？」

「屋敷を訪れたいと言うと、渋い顔をしていたよ。そして王命で婚約を、なんて無茶なことを言い出さないで欲しいと懇願された」

「父がそのようなことを？」

「うん。だから訪れたんだ」

「どうしてです？」

「侯爵が私と君の結婚を強引に推し進めないと確認できたから、だよ。君自身も、私の婚約者になりたいと躍起《やっき》になっているわけではない」

だから我が家を訪れた、と？

よくわからない顔をしていたのに気づいたのだろう、殿下は居住まいを正して話を続けた。

「私が婚約者を選ぶということになった途端、周囲は騒がしくなった。自分の娘を何としてでも押し付けようという連中が近づいてきて、昨日のパーティでも顔も知らぬ令嬢達にべったり付きまとわれた。だが君は節度ある距離を保ち、礼儀正しかった」

「それくらいは当たり前では？　他にも席に着いてお茶を楽しんでいる令嬢はいましたわ」

「ああ。だが君は私に庭師を『たかが』と言ってはいけないと諭した。働く者がいてこそ庭は美しく保つものだと。自分が嫌なことをやってくれる人は勇敢だとも。そして私がドレスを贈るというと、それは特別な人にするべきだからと辞退した」

どれを聞いても当たり前だと思うのに。

「だからね、私は君と友人になりたいと思ったんだ」

昨日もそう言っていたわ。

「友人とはどのようなものでしょうか？」

「私の立場に関係なく、自分の意見を告げてくれる人、だ。男性ならばいないではないが、女性の友人は難しい。少しでも親しくなると王子妃になれると誤解するからね。その点、エリザ嬢は愛のない結婚を望んでいない」

「当然です」

「オンブルー侯爵もそうだ。だから私は君となら友情を育《はぐく》めると思ったのだ」

なるほど。

よくわかったわ。

殿下は私が『婚約者になりたい』と言わないから、お父様が『娘を王子妃に』と言わないから、私と友人になりたいと思ってくださったのね。

「本当に私でよろしいのでしたら、お友達になりますわ」

自分から友人になろうと言ったのに、私の返事を聞くと殿下は一瞬目を瞠《みは》った。

「他人に婚約者候補と誤解されないように、親交はごく限られた者のみにしか教えない。つまり婚約者の候補と認めてはいないということだ」

「友人ですから、そうなのでしょう」

「他人に友人だと言い触らされては困る」

「ごく限られた人にしか教えないのなら当然です。それに、誤解されては私も困りますし」

「それでいいのか？」

私はコテンと首を傾げた。

「友人ならばそれでよろしいのでは？」

真面目に答えたのに、今度は破顔して笑い出した。

「殿下？」

「ロウェルと呼べ。友人なのだから。そう言っただろう、エリザ嬢」

「男性の御友人もそう呼ばれるのですか？」

「ああ」

「わかりました。では友人として接する時にはそうします。けれど公式の席では殿下とお呼びしますね」

「ああ、頼む」

何がそんなにおかしいのかしら？

あんまり笑われるとちょっと不愉快だわ。

それも彼は察したのだろう、慌てた様子で笑みを消した。

「エリザ嬢は思っていた以上に素晴らしい友人になれそうだと思って嬉しくなったんだ。からかったわけではないぞ」

「それを聞いて安心しました。あまり笑われたので、非礼を働いたのかと思ってしまいました」

「友人なのだ、堅苦しい言葉遣いはいらない。では友人として庭を案内してくれるかな？　君の勇敢な庭師が世話をしたバラを見せてもらいたい」

言われて私は侍女長を振り返った。

侍女長がこくりと頷いたので、再び殿下に向き直る。

「はい。それではご案内いたします」

「二人きりにならないように侍女の許可を取った、か。本当にエリザ嬢は素晴らしい。安心しろ、うちの騎士がちゃんと付いてくる」

殿下は人の気持ちを読むのが上手いのね。それとも、私が顔に出過ぎるのかしら？

彼の言った通り、私達が立ち上がって歩き出すと、騎士が少し離れて付いてきた。我が家の侍女長も付いてくる。

それでも、殿下との距離は近くて、ちょっとドキドキした。

「バラだけでなく、我が家の庭には他にも自慢の花があるんです。殿下はチューリップという花をご存じですか？」

「『ロウェル』だろう？　ああ知っている。母の温室にもある」

「王妃様の温室ですか？」

「興味があるか？」

「はい」

「そうか、だがまだ招くことはできない。君をもっとよく知ってからでないとな」

「招くだなんて。見てみたいとは思いますが、私はまだ王城に足を踏み入れることもできない歳ですわ。社交界にデビューするには早くてもあと四年から六年経ちませんと」

「友人ならば連れて行け、とは言わないのだな」

「……私、そんなに図々しく見えますでしょうか？」

「いや、他の女性達ならばそう言うであろうというだけだ。エリザ嬢はまだ女性というよりも少女なのだな」

「……子供だと言いたいのですか？」

これでも淑女の教育は受けているのに。

「欲がないということだ」

「欲はあります。綺麗なドレスも美味しいお菓子も好きですわ。それに、いつか街へ出て……」

言いかけて、後ろに侍女長がいることを思い出し、咳き込んでごまかした。

いつか街歩きをしてみたいだなんて言ったら、きっと侯爵令嬢らしくないと怒られてしまうもの。

人の心を読むのが上手い殿下はふふっ、と笑うと私の耳元に口を寄せて囁いた。

「もっと親しい友人になったら、私のお忍びに同行させてあげよう」

「え？」

「私とエリザ嬢は友人とはいえ、今は知り合ったばかりだ。君が私の思う通りの人物かどうかもわからない。だから今は友人のお試し期間だな。短い友情で終わるか、長い付き合いになるかは、私にもまだわからない。友情以外になるのかも、ね」

「友情以外には何があるのですか？　親友？」

「さあ、何だろうな。ああ、あれがバラ園だね」

殿下はそこで言葉を切って咲き誇るバラに視線を移した。

「昨日はピンクのドレスを着ていたから、花束はピンクのバラにしたが、本当は何色が好きだ？」

「ピンクが好きです。特に濃いピンクのあれが好きなのです」

私は自分のお気に入りのバラを示した。

「そうか、では好きな色でよかった」

その後は、並んで庭園を歩きながら花の話をした。

うちにある花は、御祖父様が外交官だったので他国から取り寄せた花が多く、殿下は珍しがってくれた。

チューリップは交配がしやすいので、我が家で作られた花もあるのだとか、バラも好きだけれど、スズランやスミレなどの小さな花も好きだとか。

主に花の話ばかりだったけれど、殿下は退屈もせずに聞いてくれていた。

テーブルに戻って淹れ直したお茶を召し上がってから帰られたけれど、また来ると約束してくれた。

この日から、私はロウェル殿下の友人になったのだった。

どうしてだかわからないけれど……。

夜、お城の仕事から戻ったお父様が直接殿下とした話を丁寧に教えてくれた。

殿下はまだ結婚を考えたくはないということだった。

子供のうちに婚約するのが貴族社会では当たり前のことだろうが、自分の結婚相手は未来の王妃となる。婚約した後に相手が立場に相応しくないとわかれば婚約は解消するだろう。

そうなれば相手の女性の瑕疵になってしまう。

それぐらいならば自分の目できちんと見極めた女性を選びたい。

女性というものをもっと知って、王子妃に求められるものは何かを自分も学んでからにしたいのだそうだ。

とはいえ女性を知るには女性と親しくしなければならない。

親しくして、相手が自分が選ばれたと誤解されるのは困る。だからパーティの席でも親しくする相手を作らずにいるつもりだった。

ところが、出会った私は王子の婚約者に興味はなく、お父様も私を無理に王子に押し付けようともしない。

私なら、しがらみなく付き合うことができるだろう。

私を通じて、女性の嗜好や考え方をを知ることができるのでは、と考えたらしい。

「まあ、つまり女性のことを知りたいが恋愛や遊びはするつもりはない。エリザと我が家が殿下との結婚に興味がなさそうだから友人となって女性のものの考え方などを知りたいということだね。エリザは殿下に恋したわけではないんだろう?」

「素敵な方だと思うけど、どんな方なのかまだよくわからないわ。恋ってどんな気持ちになるの?」

「うん、エリザはまだまだそれでいい。王家の者は下心のない友人を得る機会は少ない。エリザは殿下とは違う立場で見たもの知ったことを教えてあげればいいのじゃないかな。もし他の人に殿下が我が家に来ていることを知られたら、私の家の蔵書を見に来ていると言っておきなさい」

「はい」

というわけで、私と殿下の友情が始まった。

最初は一週間に一度、殿下が我が家にやってきて、お茶の時間を楽しむだけ。

その席で、まず女性に虫の話題は絶対ダメ、爬虫類《はちゅうるい》もダメ、ということを伝えた。どんなに微笑んで聞いてくれていても、武器防具の話題もダメ。馬の話題は私は好きだけれど、嫌いな方もいるので反応を見てからの方がいい。

などという基本的に女性が好む話と好まない話についてお教えした。

私は社交界にデビューはしていないけれど、お母様に付いて他家のお茶会には参加したことがあり、同じくらいの年頃のお友達もいる。

全てを知っているわけではないけれど、自分がわかることだけを教えた。

「女性は私の前では皆微笑んであまり語らないからな。アブラムシがあんなに嫌われているのも知らなかった」

「その話題はもういいです。たとえロウェル様が気にしていなくても、失敗談を何度も話されるとからかわれているのかと思ってしまいます」

「からかってるわけではない。可愛いな、と思っただけだ」

「それが本気だったとしても、恥ずかしくて嫌です」

私もまだ十歳の子供だったので、礼節は重んじていたが、すぐに彼を『殿下』ではなく『ロウェル様』と呼ぶことに慣れたし、口調もお友達にするのと同じように砕けてきた。

弟のウィルベルを同席させたいと言ったことがあったが、彼は少し考えてから首を振った。

「それはだめだ」

「どうしてですか？」

「ウィルベルは男子だ。長じれば私の近侍になる可能性がある。城に出仕することを望まないのならば親しくしてもいいが、私に仕える可能性があるならば、その能力が認められるまでは『友人の弟』としてしか扱えない」

「どう違うのですか？」

「私に仕えたい者達の中で、能力を認めていない者を特別扱いにはできないということだ。ウィルベルが主と馴れ合って甘く見られては困る」

「あの子がちゃんとロウェル様を王子と認めて遇することができるまでは距離を置く、ということですか？」

「そうだ」

彼は私の疑問にはいつも懇切丁寧に答えてくれた。

後から思うと、あれは女性や幼い者、無知な者に説明する時の練習をしていたのかもしれない。

けれど当時は、決して怒らず、バカにもせず、何度でもわかるまで説明してくれる態度は優しいとしか思わなかった。

彼は既に公務を幾つかこなしていたので、一カ月会えないという時もあった。

その頃には、ロウェル様に会うことが当たり前になっていたので、会えないことが寂しいと感じたりもした。

でもその間、彼に教えるべきことを収集しようと、王立の図書館へ通わせてもらったり、友人のお茶会などに出席して勉学と社交に努めた。

そうして一年が過ぎ、ロウェル様が私を『エリザ』と呼び捨てにし、私が『ロウェル様』を『ロウェル』と呼び捨てにするようになった頃、彼が一人の青年を連れてきた。

「エーリク・ダーナンだ。私の側近になった」

ロウェル様より一つ年上だという甘い茶色い髪に緑の目の、穏やかそうな人だった。

「彼はこれからずっと私を支えてくれる。なので誤解のないようエリザと直接会わせようと思ってな。エーリク、こちらがエリザだ」

「初めまして、エリザ嬢。ロウェル様から女性の唯一の友人と伺っております」

「初めまして、エーリク卿。唯一ではなく、最初のですわ。ロウェルはこれから他にも女友達を作るかもしれないでしょう？」

「他の女友達ができてもよろしいのですか？」

「そうなれば私のお友達も増えますもの」

ロウェルは傍らでにこにこと笑っていた。

「な？　下心がないだろう？」

「確かにそのようですね。ではエリザ嬢、私とも友人になっていただけますか？」

「まあ、もちろんです。ああ、でも友人ですから、婚約の話などをなさる時には正式な手順を踏んでくださいね。友人の間はそういう話は無しということで」

「私は将来、王の側近になりますが？」

「あら、そうなったら友人にはなれませんの？　それまでの期間限定ということかしら？」

最初から期間を区切る友情も珍しいわね、と思っているとロウェルが堪え切れないというように吹き出した。

「やめておけ、エーリク。エリザはまだ結婚には興味がないのだ。それに結婚するなら相手の身分ではなく恋愛を重んじたいそうだ」

「当然です。お父様達の許可も得てますわ」

胸を張って答えると、エーリクは困った顔をした。

「失礼いたしました。では末長く友人でいていただければと思います。どうぞ私のこともエーリクと呼んでください」

「はい、それでは私のこともエリザと」

「だめだ。エーリクはエリザ嬢と呼べ。彼女は私の友人だから」

何故か、ロウェルが注意をする。

「そうですね。主の御友人ですからその様に」

私は別に呼び捨てでもよかったのに。ロウェルが主で先に私がロウェルの友人だったから、色々と理《ことわ》りがあるのかもしれないので受け入れた。

エーリクは、あまり話さない人だった。

いつも穏やかに私とロウェルの会話に耳を傾け、失礼なことに時々吹き出して笑っていた。

彼は剣の腕もあり、騎士ではないが時々騎士団の練習にも出ているらしい。

そのエーリクから聞いたところに因ると、ロウェルもなかなかの腕前だとか。

そういうことは教えてもらっていなかったので、エーリクから聞くロウェルの話は新鮮だった。

三人でテーブルを囲む日々が続き、やがてそのテーブルにウィルベルやお父様が加わるようになり、情報交換が主だった会話が他愛のないものになり、私とロウェルは親交を深めていった。

もちろん護衛の騎士が同席してだが、室内でお会いすることもあった。

特別だけれど特別ではない関係。

ただ一緒にいて、話をしているだけで楽しい友人。

周囲の人達も私達を温かい目で見守ってくれて、男女の意識などしないまま、いつまでもこんな日が続いていくのだと思っていた。


それが少しだけ変わったのは、私が十四歳になった夏だ。

お母様が王妃様に夏の離宮への避暑に誘われた時には、私とウィルベルも招待された。

お父様と国王陛下はお仕事で一緒には来られなかったが、避暑にはエーリクと、ロウェルの歳の離れた弟であるマルセル殿下も一緒だった。

私はみんなで楽しく過ごせるのだと思っていたけれど、もう私も子供じゃないからとロウェル達とは別に過ごすことになってしまった。

男性陣は遠乗りに出掛けたり、近くの街を散策したり。

私はお母様と一緒に王妃様と過ごした。

小さなマルセル殿下も居残り組だ。

乗馬も覚えたので遠乗りには付いて行きたかったのだけれど、女の子はダメだと言われてしまったのは残念だった。

早駆けはまだ覚束無いけれど、私はもう一人で馬に乗れるのに。

けれど王妃様とのお話はとても楽しかったし、女性だけでしたピクニックも楽しかった。

私達一家の滞在は一週間程度だったので、楽しい時間はあっと言う間に過ぎてしまった。

最終日の前の日、ロウェルが私だけが離宮から出ないのは可哀想だからと皆で近くの湖へ出ようと誘ってくれた。

男の子達は馬だけれど、女性達と小さなマルセル殿下は馬車で移動。

湖のほとりには既に天幕が張られていて、テーブルも置かれていた。

王妃様達と天幕で湖面を吹き抜ける風を感じていると、ロウェル達がやってきた。

「母上、エリザをボートに誘ってよろしいですか?」

王妃様は扇で口元隠しながら微笑んだ。

「いいわよ。節度を保つなら」

「当然です」

二人の間でよくわからない視線が交わされる。

「さあ、行こうエリザ。ボートに乗ったことはあるかい?」

「初めてです!」

ここへ来てからずっと離宮の中だけで過ごしていたので、私は喜んで彼の差し出した手を取ってボート乗り場へ向かった。

乗り場には皆が集まっていて、二人乗りの手漕ぎボートは既にエーリクとウィルベルが乗って湖に乗り出していた。

マルセル殿下も乗りたいと騒いでいたが、まだ小さいからと止められていた。

「君は私とだ」

「私も漕いでいい?」

「中央まで行ったらね」

ロウェルの手を取ってボートに乗り込む。

彼がゆっくりと湖の中央へ漕ぎ出すと、マルセル殿下も騎士と侍女に同乗されてボートに乗り込むところだった。

風が、湖面を吹き抜ける。

髪が煽られるから片側に纏めて前に流すと、ロウェルに「珍しい髪形にすると印象が変わるね」と言われた。

「そうすると少し大人びて見えるよ」

「本当？　嬉しいわ」

褒められて嬉しくなって微笑む。

微笑み返してくれたロウェルの顔がドキッとするほど素敵だったので、視線を逸らせて縁から水面に手を入れると水が冷たくて気持ち良かった。

「マルセル殿下は八つになったのでしょう？」

「私と十違うからね。私は十八だ」

「知ってるわ」

「もう成人の歳だ」

「今度の誕生日のパーティは盛大に行われるのだとお父様が言ってたわ。行ってみたかったなぁ」

「十四なら、社交界にデビューできるだろう？」

「お父様が十六になるまではダメって」

「まだあと二年か……」

「残念だわ」

「本当にね」

「ロウェルは十四で社交界に出たのでしょう？　だからあのパーティだったのよね」

「婚約者選定のパーティのことか？　ああ、そうだ」

「ウィルベルも十四でデビューするらしいわ。男の子は早く繋がりを得る方がいいのですって」

そのままボートは湖の中心まで進み、そこで彼は漕ぐのを止めた。

エーリクやマルセル殿下のボートは北側にある小さな島を目指していた。ここからは王妃様達のテントが見える。

まるで私達がここにいると見せてるみたい。

「私達も島に向かう？　漕がせてくれる？」

「それもいいけれど、エリザ。君と話がしたい」

「話？　いいわよ？　何を話すの？」

ロウェルは紫色の瞳で真っすぐに私を見ていた。

深い青のようにも見えるけれど、陽の光が入るとアメジストのように紫色に光るその瞳がとても神秘的で、大好きだった。

でも真っすぐに見つめられるのは落ち着かない。

「ここには侍女も護衛もいない。本当に二人きりの話だ」

「……ええ」

何かしら？　とても真剣な話？

「私が十八になるので、皆がそろそろ婚約者を決めろと煩くなってきた。だが私はマルセルが成人するまでは決めないと言っている」

「あと十年もあるわ」

「ああ、だが選定は続けるとも言ってある。定期的に令嬢達とお茶会を開くことを約束させられた」

「お茶会って、私としているみたいな？」

私達はいつも私の家で会っていた。それは楽しい時間だった。あれと同じ時間を彼が他の女性と過ごすのだと想像したら、何故か胸がもやもやした。

「まあ似たようなものかな。二人きりにはならないけどね」

「私は呼ばれるの？」

「君はまだ社交界にデビューしていないから無理だね」

無理、と言われてがっかりした。

「私が他の令嬢達と親しくするのは嫌？」

「……ロウェルは王子様だもの。仕方ないわ」

「仕方がない、か。よかったわね、と言われなくてよかった」

「正直に言うと、寂しいわ。でも仕方ないのもわかってる。だって、ロウェルは私だけの友人じゃないもの。王子様は皆と親しくならないといけないのよね」

「交流という点ではね。でも婚約者は違う。特別だ」

特別……。

「ロウェルに婚約者ができたら、もう私の家には来ない？」

「行けないだろうね。でなければ、婚約者を伴って行くことになる。私の隣はその女性のものだ」

ロウェルの隣が別の女性のもの。

言われた途端、胸が苦しくなって顔が歪む。

なのに彼は、今まで真剣な顔をしていた癖にここへ来て嬉しそうに微笑んだ。

「エリザ。君はまだ幼い」

「もう十四よ」

「だがまだ足りない。けれど私はもう待てないんだ。このままではいつまで経っても私は『友人』の立場から抜け出せそうもないから」

「いつまでもお友達じゃいけないの？」

彼はオールを握っていた手を離して、私の手を取った。

漕いで力を使っていたせいか、とても熱い。

「君は結婚したい相手を見つけた？」

「まだ社交界にデビューもしていないのに、そんな人と知り合わないわ」

「そうだね。だがデビューしたらきっと多くの男達が君の前に列を成すだろう。だからその前に言っておきたいんだ」

握られた手に力が籠もる。

「私を、君の結婚の相手として意識して欲しい」

「え?」

今何て?

「突然言われても、考えられないのはわかっている。けれどこれからは、私を友人ではなく結婚の相手として見て欲しい」

「ロウェル……」

「神や国民の前で誓いのキスをする相手として」

頭の中に、私とロウェルの結婚式の光景が浮かび、顔が熱くなった。

私とロウェルが結婚? 友人ではなくて?

「君は愛しいと思った人と結婚したいと言っていたね? 私もそうだ。そして私が愛しいと思っているのはエリザなんだ。だから、君に愛してもらえるように努力したい。他の男が君の目に映るより先に、私を見て欲しいんだ」

「待って……! 私ロウェルと結婚なんて考えたこともなくて……」

「うん。そんな君だから惹かれた。エリザは最初から純粋に私だけを見ていてくれた。名誉も、地位も、肩書も関係なく。ただ幼いからそうなのだろうと思っていた。時が経てば、君も他の女性達と同じように変わってゆくだろうと。だがこの四年間、君は変わらなかった。出会った頃と同じように天真爛漫《てんしんらんまん》で可愛らしく、私のために社交をして色んな話を耳に入れても毒されることもなかった」

「……毒されるなんて」

「婦人達のお茶会で、女性の栄誉は王妃になることだと言われなかった？」

「……言われたわ」

「貴族の女性はこうあるべきという話をされなかった？　派手な生活を楽しみ、美しいドレスや宝石を身に纏い美しく着飾って、人々に傅《かしず》かれることこそ女性としての幸福だ、と」

「そう言う人もいたわ」

「でも君はそうは思っていない」

「だって必要ないもの」

「うん。王妃とは、決して派手な生活ができて権力を行使できる人間ではない」

「わかってるわ。慈善も行うし、勉強だって必要だし、国民のことをいつも考えてらっしゃる。美しく着飾るのは国力を示すための一環だってお母様が言っていたわ。でもそんなことは当たり前のことでしょう？」

私の言葉に、彼は満足そうに頷いた。

「君が当たり前だと思っていることは当たり前ではない。侯爵夫妻が人格者である証だな。素晴らしいご両親だ」

「……ありがとう」

両親を褒められて悪い気はしないけれど、まだ繋がれたままの手が気にかかる。

今まで一度も手を握られたことがないわけではないけれど、今日はいつもと違う気がする。

繋いだところから彼の熱が伝わるのか、じわじわと自分の身体も熱くなってきた。

「私……、ロウェルの恋人になるの？」

「なってくれると嬉しいね」

「何かが変わってしまうの？」

「今までと変わることは何もない。変えないように努力もする。でもこれからは、私達の間に恋愛があることを意識して欲しい。それで結局私を愛せないなら諦めよう。けれど私が友人ではなく妻にする女性として君を見ることを許して欲しい」

胸の鼓動が、どんどん早くなってくる。

今までと変わらないと言うけれど、彼の言葉で私の気持ちが変わってしまうのがわかる。

「私のことは好きかい？」

「……好き」

「今はそれでいい。でも一つだけ約束して欲しい。君が結婚や恋愛を考える時、絶対に私を一番に思い浮かべるって」

「……約束するわ」

「ありがとう」

満面の笑みを浮かべると、彼は繋いでいた手をグッと引き寄せて手の甲にキスをした。

「ぴゃっ！」

「今はこれで我慢だな」

硬直した私を見て、やっと手を離してくれたロウェルは、オールを握った。

「さ、それじゃ島へ向かおうか。ボート漕ぐかい？」

まるで何事もなかったかのように言うから、思わずその足を蹴った。

「漕がない！　漕げるわけないわ」

「照れてる？」

「知らない」

「ここで変に媚びたりしないのが、エリザのいいところだな」

心臓はドキドキしっぱなしだった。

顔も熱いままだ。

恋愛なんて、もっと先の話だと思っていた。ロウェルがその対象だなんて考えなかった。だって友人になろうと言った時に婚約者にしないって言ったのは彼だったのだ。

だからそういう目で見てはいけないって思ってたのに。今更こんなことを言うなんて狡《ずる》いわ。

今一番好きな男の子にそんなことを言われたら、友情が愛情に変わるのなんて簡単なんだから。

でも一方的に突き付けられたことには怒っていたから、私は自分の気持ちを素直に口にはしなかった。島に着くまで、ずっと湖畔の天幕の方を見つめたまま、目を逸らし続けていた。

「ああ、このことは誰にも内緒だよ。二人だけの秘密だ。……まあバレてはいるだろうけど」

そう言われた時も、彼の顔を見ることはできなかった。『二人だけの秘密』という言葉にドキドキが加速してしまったので。


ボート遊びを終えると、ロウェルはいつもと変わらずエーリク達と過ごしていた。

翌日には私達一家は先に王都へ戻り、もう二人きりになるということもなかった。

今までと変わらない。ロウェルはそう言っていた。

でもそんなことはなかった。

ロウェルは忙しくなってしまったのか、暫く我が家に姿を見せなかった。

その間に出席したお茶会で、彼が貴族の令嬢達とのお茶会を催しているという噂が流れてきた。

社交界デビュー前の私が出席するお茶会は、母親が出席するものに付いて行くか、同じ歳くらいの令嬢が集まるものなので、実際にお茶会に出席した令嬢達と顔を合わせることはない。

けれど女性の噂というものは、隠密《おんみつ》の情報よりも細かいのではないだろうか?

曰く、一度に十人程を集めてテーブルを囲み、長い時間ロウェルと話をしたらしい。

一つ二つなら年上もアリだということで、かなりの女性が出席に名乗りを上げているらしい。

長く話ができた令嬢は、もうすっかり自分が選ばれたと吹聴している。

どこどこの誰々が一番有力だ。

聞いているだけで、もやもやしてしまう。

お茶会の話は聞いてた、ロウェルの立場なら仕方ないとわかっている。ついこの間までだったら、

『ロウェルも大変ね』で済んでいたのに。

あの湖のボートの上で、ロウェルは私を選んだと言ってくれたのに、と思ってしまう。

彼が、他の女性の手を取ることなんて、想像したことがなかった。

私が彼と会うのは我が家の庭だけだったから。

でも今は、ふとした瞬間に想像してしまう。

想像すると、嫌だなって思ってしまう。

閉ざされた世界の中にいて、少ない登場人物だから、自分は何の不安も感じていなかった。

我が家の庭の中では、私だけがお姫様だった。

エーリクが現れても、ウィルベルが参加しても、お父様がいらしても、女の子は私一人だけで、彼等の視線を受けるのは私だけだった。

それがどれほど思い上がったことだったかを思い知る。

ロウェルの周囲には、私より美人な人も、頭のいい人も、年上で女性らしい体つきの人もいるのだろう。

今は私を気に入っているといっても、そんな美しい花に囲まれていたら心が移ってしまうかもしれない。そうしたら、もう私のところには来なくなるかも。

公式の場で顔を合わせたたら、もう私から話しかけることはできなくなるかも。近づくこともできなくなるかも。、

『ロウェル』と呼び捨てることなんて絶対できないわ。

ロウェルだって、私を『オンブルー侯爵令嬢』とか、『エリザ嬢』と呼ぶんだわ。

考えれば考えるほど悲しくなってしまう。

なのに、ロウェルは来ない。

こちらから彼を呼び出すことはできないので、ただひたすら待つだけしかない。

長く会えない時には理由を連絡してくれていたのに、それもない。

お父様に尋ねれば、理由がわかるかも知れないけれど、尋ねることはできなかった。何の予定も入っていないと言われるのが怖かったから。

そうして一カ月も過ぎた頃、やっとロウェルが訪れた。

「久し振りだね」

変わらず微笑む彼の顔を見た途端、私は顔を顰めた。

「エリザ？」

彼は慌てて駆け寄ってきたけれど、私は背を向けた。

「どうぞ、庭の方へ」

「何か怒ってる？」

「別に」

「連絡もなく間が空いたからじゃないですか？」

その声でエーリクも一緒だったことに今更気づいた。そうよね、いつも一緒だものいるわよね。ロウェルしか目に入ってなかったわ……。

「すまなかった。ちょっと色々と……」

庭に出る前の廊下で足が止まる。

変なこと言っちゃダメ。すぐ側にエーリクも侍女もいるんだから。

でも口が止まらなかった。

「ロウェルは酷いわ」

立ち止まり、背を向けたまま言葉が溢れる。

「酷い？」

「色んなこと言うから、色んなこと考えて……。私、嫌な子になっちゃったわ……」

「嫌な子って……、エリザが？　何かしたのかい？」

「何もしないわ。でも……」

「でも？」

近づいたロウェルが前に回って私の顔を覗き込む。

「エーリク、人を下がらせろ」

「しかし」

「ここで話す。声が聞こえないところまででいい」

「わかりました。侍女殿、見えるところで構いませんのでお下がりください」

人々が遠のく気配がする。

ロウェルは私にハンカチを差し出した。

「君の泣き顔を見るのは初めて会った時以来だね」

「泣いてないもん」

ハンカチを拒むようにドレスをぎゅっと握り締めると、彼はそのまま私の顔を拭った。

「それで？　私のどこが酷くて、君のどこが嫌な子なんだい？」

「あんなこと言ったのに、全然会いに来なくて……。だから色々考えて……。ロウェルの周りにいる女の子のことが狡《ずる》いって……。嫌だって……。もう来ないかと……、もう殿下って呼ばないといけないのかもって……」

「……友人の辛さは、ここで君を抱き締められないところだな。ほら、ハンカチ持って」

「いらない」

「顔がぐしゃぐしゃになるよ」

「どうせお城に行ける人達より可愛くないもん」

「誰よりも可愛いよ。可愛いエリザの泣き顔を他の男に見せたくないから、ハンカチを取りなさい」

彼は無理矢理私の手にハンカチを握らせた。

「……君が社交界にデビューする前に気が逸《はや》ってあんなことを言ったから、気まずくて顔が合わせられなかったんだ。嫌われてたらどうしようかと思って。でも言った甲斐はあったみたいだね。嫉妬してくれたんだろう？」

「嫉妬なんかしてないわ」

「私が他の女の子と親しくするのが嫌だと思ったんだろう？」

言われて、また涙がポロポロ零れた。

「そんなこと考えるなんて、私、嫌な子だわ」

「私はとても嬉しいよ。それは嫌な考えじゃない。それで誰かを傷つけるのは悪いことだけれど、好きな人が他の人と親しくするのにやきもきするのは誰でも思うことだ。私だって、君がエーリクと楽しそうにしてると、もやもやする」

「エーリクは友達だわ」

「私だって友達だが、その先に進みたい。エーリクと君が……、いや、これ以上は止めよう。もやもやしてきた」

目の前の顔が拗《す》ねたように口元を歪める。

「ロウェルも私と一緒なの？」

「私の方が『好き』が多い分もやもやが大きいと思うな」

ロウェルも私と一緒。

そう思うと心の中のもやもやが晴れる気がした。

「ああ、やっと笑ったね。その可愛い顔もエーリクには見せたくないな」

「いつも見てるのに？」

「私は君と出会ってから心が狭くなったんだ」

「嘘ばっかり」

「ホントさ。さあ、もう一度涙を拭《ふ》いて。他の人を呼んでいいね？　テラスへ行こう。その『もやもや』について、ちゃんと説明してあげるから」

「……ん」

今度は素直に涙を拭う。

そうか、この気持ちは誰もが持つものなんだ。私だけが悪い子になったわけじゃないんだ。そう思うと少しだけ安心した。

嫌な、悪い子になってロウェルに嫌われたらどうしようかと、それだけが不安だった。

でも彼はこの気持ちを知っても、それは普通だと認めてくれた。こんな気持ちを抱いていたくはないけれど、これが理由で嫌われないのだと思うとほっとした。

「エーリク、もういい。来い」

彼が呼ぶと、エーリクと侍女が近づいてきた。

「エリザ様、大丈夫ですか？」

「私が連絡なく来なかったので拗ねたらしい。もう大丈夫だ」

侍女の言葉に答えたのは、私ではなくロウェルだった。

侍女はその言葉を信じ、苦笑した。

「申し訳ございません、殿下。お嬢様はまだ子供で」

「いや、いい。私も悪かった」

だがエーリクだけは、いささか呆れたという顔でロウェルを見ていた。

その理由はわからなかったけれど……。


十歳で出会って、十四で恋愛を考えて欲しいと言われて、私とロウェルの関係は少しずつ変化していった。

ただ一緒にいて楽しいだけじゃなく、相手が自分をどう思っているのかを考えるようになった。近づいたり、手が触れたりすると胸が高鳴るし、見つめられると言葉を失ってしまう。

ロウェルが我が家を訪れる回数は減ったけれど、会わない間何をしていたのかを教えてくれるようになった。

私は自分が彼の側にいるためには何をしたらいいのか考えるようになり、お父様に相談して家庭教師を増やしてもらった。

「殿下が好きになったのかい？」

と訊かれた時は、上手く答えが出せなかった。

「ロウェルは好きよ、お友達として」

「彼の婚約者になりたい？」

「……それはまだわからないわ」

お父様は笑って頭を撫でてくれた。

「お前が殿下を選ぶならそれもいいが、決して軽はずみな言葉を口にしてはいけないよ。結婚は真剣なもので、人は誤解するものだから」

妙に真剣な顔で言うので、私は正直な気持ちを口にした。

「今は一番ロウェルが好き。でも他の人と出会っていないからかもしれない。誰と比べてもロウェルが一番好きって思えないと彼に失礼だと思うの。だからまだ婚約は考えてません。でも……、彼が他の女の子と親しくすることを考えると、もやもやするわ」

「そうか。お前はまだ恋にまではたどりついていないんだね。だがすぐにわかるようになるだろう。それまではやはり婚約のことは口にしないようにするのだよ。殿下には、私に言われたからと言っていいからね」

「はい」

「そうだね……、社交界にデビューするまでは返事はしない、と言っておきなさい」

「はい」

その言葉は、そのままロウェルに伝えた。

彼は社交界デビューまでとは長いな、と苦笑していた。

婚約のことは話題にしなかったけれど、いつしか私も自分の気持ちが友人への『好き』ではないことに気づいていた。

エーリクがいたので。

エーリクも、女性にモテそうな整った顔をしていた。

厳しく鋭い印象のロウェルと違って、無口だけれど穏やかなエーリクを、素敵だと思う。

将来王の側近となる人だし、貴族の令嬢の結婚相手としては申し分ないだろう。

でも私はエーリクが近づいてもドキドキしないし、彼に見つめられても余裕を無くすこともない。

彼は友人だとしか思えない。

彼とロウェルは違う。

でも、他の人とは？

ロウェルが好きだから、絶対に裏切りたくなかった。

お父様も婚約に関してはとても慎重だし、婚約したいと言った後で彼に背を向けるなんてことはしたくない。

それぐらい彼のことが大切だった。

翌年の夏は、離宮に誘われなかった。

私はお父様達と領地へ向かい、夏を過ごした。

ロウェルと会えなくて、毎日彼のことを想った。

ただ『会いたい』と。

あの黒髪に触れたい、紫の瞳に見つめられたい。

お父様は私が恋にたどり着いていないのだと言った。

だとしたらゆっくり、ゆっくりと私は恋に近づいていたのかもしれない。

そしてようやく、私が社交界にデビューする年になった。

髪は片側だけアップにして後は後ろに流した。

銀色の髪に飾る髪飾りはアメジストと真珠のもので、内緒でロウェルが贈ってくれたものだ。

「当日君をエスコートできないからね。せめて私の瞳の色を身につけて欲しいんだ」

と言って渡された。

ドレスはデビュタントなので白。

初めて肩の出るデザインで、両サイドにレースが付いたちょっと大人っぽいデザインでとても気に入っていた。

エスコートはお父様。去年十四でデビューした弟のウィルベルはお母様をエスコートする。

これで終に大人の仲間入り。

夜会にも出席できるし、お城へ行くこともできる。

ただ、公式の席ではロウェルと親しく話すことはできなくなるけれど。

それでも、彼の隣に立っても子供扱いされないのだと思うと心が浮き立った。

馬車に乗り、お城へ向かう。

もう、窓から外を眺めてポカンとすることもない。

護衛の騎士を同伴してだけれど、何度かお父様に会いに行ったり、王立図書館へ向かったこともあったので。

残念ながら、その時ロウェルに会うことはできなかったが。

今日のパーティで、私は色んなことを知るだろう。

オンブルー侯爵家の娘という自分の立場、それに他人がどういう態度を示すか。

公式の席でロウェルがどう振る舞うか、彼の周囲にどんな女性がいるか。

私は終に、幸福だった秘密の花園を出るのだ。

緊張しながら王城へ。

馬車を降りて、お父様のエスコートを受けてデビュタントの控室へ。

ここでお父様と別れ、紹介されて広間へ入る時にまた再会する。お母様とウィルベルともここでお別れだ。

ウィルベルは、僕でもできたんだから大丈夫だよと笑って手を振ってくれた。

控室では、お茶会で親しくしていたお友達も多くいた。けれど皆緊張していて、会釈を交わしたり笑顔を浮かべるだけで、会話をする者は少なかった。

ロウェルのお茶会の時に知り合ってから一番の親友となったミリアもいた。でも彼女も、弱々しい微笑みを浮かべるだけだった。

心臓が耳元で鳴ってると思うほど、鼓動が大きく聞こえる。

「皆様、入場です」

案内の女性がやってきて、爵位の順に並ぶ。

私は侯爵家なので、二番目だった。公爵家に私達の年代の令嬢がいないので、侯爵家が筆頭になり、その中でも年が上の順になるからだ。

大広間の入口でお父様と再会し、手を取られる。

「緊張しているかい？」

「はい」

「大丈夫、とても綺麗だよ。ダンスも上手になっただろう？」

「人前で踊るのは初めてですもの」

扉が開き、先頭の女性が大広間へ足を踏み入れると、拍手の音が廊下まで聞こえた。

名前を呼ばれ、手を強く握られ、促されて私も続く。

今まで、親戚の家のパーティや我が家のパーティに挨拶程度だが顔を出すことはあった。けれど王城の大広間での王家主催の夜会は、それらとは全く違っていた。

広大と言えるほどの広い空間に、着飾った多くの人々。

天井からはクリスタルの大きなシャンデリア。

楽団の人数も楽器の種類も見たことないほど多く、正面の玉座には国王夫妻とロウェルがいた。マルセル殿下はまだ小さいので夜会への出席は許されないから姿はない。

ロウェルは、髪と同じ黒の礼服を着ていた。

黒ではあるけれど、肩章やボタンの金が明かりにキラキラと光ってとても艶やかで美しく、彼に似合っていた。

礼服を着ているロウェルは初めてだった。我が家を訪れる時はもっとラフな服だったから。

王子様なのだわ、と再認識させられる。

そしてこんなにも素敵な人だったのね、とも。

陛下の前に全員がズラリと並び、陛下の祝いの言葉を受け取って礼をする。

そして音楽が鳴り響きファーストダンス。

私だけが注目されているわけではないけれど、周囲の視線を感じてより緊張する。

お父様がダンスが上手くてよかった。カチカチな私をリードして、美しくドレスの裾が翻るようにしてくれる。

お父様は未だ若く美しいから、こちらを見つめている女性達は私ではなくお父様を見つめているのではないかしら?

昔の話はしてくれないけれど、きっとモテたに違いないわ。心はお母様一筋だけど。

ダンスが終わると、他の人達もフロアに出てきて踊り始める。

私もようやく緊張が解けてほっとした。

「殿下は、今日は誰とも踊らないそうだよ」

お父様が耳元で囁いた。

「お前と踊ると注目を煽るし、お前の目の前で他の令嬢と踊りたくないそうだ」

気遣いに恥ずかしくなって頬を染めると、数人の男性が近づいてきた。

「ダンスのお誘いのようだね」

「私に？」

「当然だ。私の可愛いエリザが申し込まれなくて、誰が申し込まれると言うのだ」

笑顔で近づいて来る男性達は、皆素敵な方々ばかりだった。けれど、初めてのダンスを見知らぬ人と踊ることに抵抗を感じてしまう。

だめだとわかっているのに、踊るならロウェルがいいわ、と思ってしまう。

「エリザ嬢」

戸惑っていると、傍らから聞き覚えのある声に名前を呼ばれた。

「よろしければ私と一曲」

手を差し出したのエーリクだった。

エーリクはお父様を見ると、苦笑して「私なら許す、だそうです」と囁いた。

「困った方だね。今日は娘の思い出になる日だというのに」

「最初の一曲だけはお嫌だそうです」

「それならいいだろう。エリザ、踊っておいで」

私はエーリクの手を取ってフロアに出た。

よかった。見知った人が相手で。

「本当は彼が踊りたがっていたんですけどね」

「今日は誰とも踊らないと聞いていたわ」

彼が誰なのかわかって会話を続ける。

「お父上以外に最初にあなたの手を取る栄誉を、他の男に譲りたくないそうです。それで私に行ってこいと命じられました」

「まあ、我が儘な。……でも正直ほっとしました。知らない男の人の手を取るのは怖くて」

「それでも、数人とは踊られた方がいいでしょう」

お父様ほどではないけれど、エーリクもダンスは上手かった。

会話をしながらでも、上手にリードをしてくれる。

「踊り疲れたら、赤い花の活けてある横のバルコニーへ出てください。庭へ下りる階段があります。そのすぐ先にあるベンチで待つそうです」

「今すぐではだめ？」

「何人かとは踊った方がいいですよ。侯爵も言っていたでしょう？　思い出に残る日です。交流はした方がいい」

「……そうね」

会えるなら、すぐにでもロウェルに会いたかった。

今日の私の姿はどうなのか、訊いてみたかった。あなたのくれた髪飾りを着けたのよ、と報告したかった。

でも私は彼の婚約者でも何でもないから、人目に付くことは避けたいという気持ちもわかる。

「これからは、多くの男性があなたと踊りたがるでしょう。今日慣れておいた方がいいですよ。二人共、ね」

「別に、彼としか踊らないわけじゃないわ。ただ最初は緊張するから、知ってる人がいいなって思っただけよ」

ロウェルと踊りたいという気持ちを見透かされような気がして、私は強がりを口にした。

他の人に心を動かされたらどうしようなんて考えたこともあったけど、礼服姿のロウェルを見たら彼以上の人なんかいないと思えた。

笑顔で近づいてくる殿方に、心が揺らぐこともなかった。

今手を取ってくれているエーリクにだって、ほっとしただけで彼と踊ることが嬉しいという感情はない。申し込んでもらってありがたいとは思ったけど。

曲が終わり、エーリクがお父様のところまでエスコートしてくれたけれど、そこには数人の男性達が私を待っていた。

「どうか次に踊っていただけますか?」

エーリクが見てるから、私はロウェル以外とだって平気で踊るわということを示すためにその手を取った。

「それでは、私は侯爵と少し話を」

私を別の男の人に託して、エーリクはお父様と何か話を始めた。

フロアに滑りだし、ダンスを始める。

お父様やエーリクには敵わないけれど、この方もダンスは悪くなかった。

伯爵家の子息だというお相手は、私のことを綺麗だと褒めてくれた。

でも、どんなに褒められても、熱い視線を向けられても、ドキドキしない。

これがロウェルだったら、きっと心臓は煩《うるさ》いほど高鳴っていただろうに。

やっぱり、他の男の人と出会ってみてよかった。

どんな人が現れても、私の中での最高はもう決まっていると確認できた。

夜会に出ることは楽しい、ダンスを踊ることも楽しい。

こうして手を組んで踊ってくれる相手も好感が持てる。会話を交わすことも楽しめる。

でも、これがロウェルだったらと思う気持ちは消えない。

私、ロウェルが一番好きなんだと確信できた。

これからどんな人が目の前に現れても、きっと彼を選んでしまう。

それがわかっただけでも、今ここで他の人と踊ることに意味があった。

その後、三人と踊ったところで、私は足が痛むからと残りの誘いを断った。

私が誘いを断ったことに気づいたお父様が、「こちらへおいで」と手を取る。

「私行きたいところが……」

戸惑って答えると、お父様はウインクして「わかっているよ」と答えた。

「エーリクから聞いた。他の者が後をつけないように、バルコニーまで私が送ろう」

そう言って、指定されたバルコニーから外へ出た。

「許可をするのは話をすることだけだよ。軽率な行動はしないようにね」

「しないわ」

ぷん、とむくれて庭へ下りる階段へ向かう。

軽率な行動なんて、するわけがないのに。からかわれてしまった。

そんなに私が彼と会いたいのだと顔に書いてあるのかしら。

ヒールの高い靴に気を付けて階段を下りる。足元を照らす篝火《かがりび》が置かれていて奥へ続く道を照らしている。

恐る恐るそちらへ足を踏み出す。

バルコニーにはまだお父様がいるだろうから、心配はないだろう。

植え込みの間の小道を入ると、すぐに白く闇に浮かぶベンチが見えた。

でも誰もいない。

私が早かったかしら?

近づいて行くと、ガサリと音がした。

ハッとして振り向くと、そこには彼がいた。

「ロウェル」

ここがまだお城の中だということを忘れて彼の名前を呼ぶ。

「エリザ」

彼も、私の名前を呼んだ。敬称を付けずに。

互いに歩み寄り、手を伸ばせば届く距離まで近づく。

「すまない、こんなところに呼び出して。せっかくの白いドレスが汚れてしまうな」

「ううん、会おうと思ってくれただけで嬉しい。会いたかったの。遠くから見るだけじゃなくて」

薄暗がりの中でも、彼の顔ははっきりとわかった。

ああ、ロウェルだわ。

向けられる笑顔に心が沸き立つ。

「とても綺麗だ。似合ってる」

お父様にも褒められたのに、彼の言葉は一味違う。

「あなたも、とても素敵。……髪飾りをありがとう、着けてみたの」

髪に手を添えて、髪飾りが見えるように示す。

「よく似合ってる。君が私の色を付けてくれていたから、何とか我慢できた」

「我慢？」

「君が他の男と踊っているのを眺めるしかできなかったことを、さ。次はどこで会っても、必ずダンスを申し込む。踊ってくれるだろう？」

「……私、今日誰と踊っても、相手があなただったらと思ったわ」

恥じらいながら告白すると、彼が一歩近づいて手を取った。

「嬉しい言葉だ」

「本当よ。他の人の手を取ってわかったの。私もあなたと踊りたかった。誰が相手でも、これがロウェルだったらと思ったわ。それでわかったの、私、ロウェルが好き」

整った彼の顔が一瞬固まる。

「それはどういう……」

「他の誰より好きという意味よ」

「エリザ、本当に？」

「ええ」

次の瞬間、私は彼の腕の中にいた。

微かに漂う彼のコロンの香りに包まれて、顔が熱くなる。

「ロ……、ロウェル……」

「では婚約を受けてくれる？」

耳元で甘い彼の声。

こんな声、聞いたことないわ。

「それは……、お父様に訊かないと……」

「ではすぐに侯爵に婚約の打診をしよう」

「本当に私でいいの？　今日だって、私より綺麗な人はいっぱいいたわ」

「王子ではない私と向き合ってくれる可愛い君がいい。それより、君は私でいいのかい？」

「私の前で王子様の仮面を被《かぶ》らないでいてくれるなら。ちょっと意地悪で、優しくて、真面目に仕事をしているロウェルが好き」

ああ、好きな人に抱き締められるって、こんなにも幸せなことなのね。

感じる彼の体温に酔ってしまいそう。

「王子の仮面を被らないと、私はすぐに不埒な男になってしまうよ。今ここで君にキスしたいくらいだ」

「それはダメ！」

慌てて彼の胸を押して離れる。

「お父様に軽率な行動は許さないと言われてるの」

「侯爵か……、それで婚約に反対されては困るな。忍耐力が必要だが、ここは抱き締められただけでも我慢をしよう。もう一度だけ抱いていいか？」

「……少しだけなら」

空いた距離がもう一度縮まって、彼の胸に顔を埋める。

腕は、壊れ物を抱くようにそっと私を包んだ。

生まれて初めての、家族ではない男性との抱擁。

戸惑いながら、自分も彼の背に腕を回そうとしたけれど、勇気が出なくてロウェルの礼服の裾をぎゅっと握った。

「お父様に、婚約を申し込まれたと伝えていい？」

「いいとも。恐らくもう君以外の皆が知ってることだと思うけど」

「何それ？」

「私の父上も母上も、私が君に恋してると知ってるし、エーリクもウィルベルも、侯爵夫妻も知っているということさ」

「私、誰にも話していないわ！」

「私の態度でわかっているんだろう。それでも、君のところへ通うことを誰も止めなかったから、皆祝福してくれてるだろう」

好意と友情から恋にまでたどり着けずに、一人で迷子になっている間に、みんな知っていて祝福してくれていた?

そう思うと、何だかとても恥ずかしい。

私だけが鈍感だったのね。ううん、子供だったんだわ。

ただの『好き』と、この人でなければという『好き』の区別がつかなかった。時々会えるだけでも

いいじゃない、今目の前にいるのだからと将来のことは考えていなかった。

多くの人々の中でロウェルを見て、初めて『好き』にも種類があるのだと知った気がする。

ロウェルは、ずっと前から私のことを特別に思ってくれていたの？

「私、まだ子供だし、どこをそんなに気に入ってもらえたのかわからないわ……。もっと素敵な女性が現れても、気が変わったりしない？」

「可愛いことを言うね。座ろうか、これ以上抱き締めてると侯爵に怒られるようなことをしそうだ」

やっと身体を離し、彼の服を掴んでいた私の手を取ってベンチに座らせる。

「初めて君と出会った時は、可愛い女の子だとしか思わなかった。女の子を泣かせてしまったのは初めてで、私としては相当慌てたよ。でも好きだなと思ったのは、君が、私がドレスを贈ると言ったのを断った時だ」

「ドレスを断ったら好きになったの？」

不思議なことを言うという目で見たら微笑まれた。

「王子である私からの贈り物に喜ぶ者ばかりだったからね。女の子とは『ねだる』ものだと思っていた。でも君ははっきり理由も付けて断った。それで面白い娘だと思ったんだ。私が王子だと認識していないのかと思ったら、屋敷を訪ねた時に焦っていたから、そうではないとわかった。私が王子であると理解しながら、私と一線を引く君が気に入った。何度会っても、王子と親しくすることにメリットがあると知っても、他の令嬢達と交流しても、君の本質は変わらなかった。それがどれ程希有なことか」

「そんなに珍しいことなの？」

この話は以前にもされたような気がするけれど、普通のことではないのかしら？

「残念なことに、人は慣れるものだ。優しくされることにも、与えられることにも。私に近い者だという自覚が出ると、もっと何かしてくれと求め始める。他の者と自分は違うと示して欲しいと望む。私の力が自分のものであるかのように勘違いする」

「エーリクは違うでしょう？」

「だから彼を側近にしたのさ」

……なるほど。

「お茶会を開いて何人かの女性と言葉を交わしたが、残念なことに彼女達は『私』を知ろうとはしなかった。王子に気に入られることしか考えなかった。交わした言葉が他者より多いだけで自分が特別だと誤解し、他人より自分が上だと振る舞った。だからね、一度も私を国王に紹介しろとか、婚約者にしろとか言わず、他愛のない話で笑ってくれる君を手放したくないと思ったんだ。たとえ今君が私を好きだというのが、少女の憧れだとしても構わない。私の手の中に落ちてきた小鳥を手放せないんだ」

「憧れなんかじゃないわ。本当に好きなのよ」

「だから、より嬉しい」

ロウェルはコツンと額を合わせた。

「さて、幸福な逢瀬はここまでにしよう。暗がりで男と二人きりになるというのがどれほど危険かを君に教える役をしたくない」

それから手を取って私を立たせた。

「バルコニーの下まで送ろう。そこからは、まだ一人で戻ってくれ」

「バルコニーでお父様が待ってるかも」

「……悪いことをしなくてよかった」

「何、それ」

「それは『いつか』教えてあげるよ。『悪いこと』が『いいこと』に変わったら」

さっき下りてきた階段の下まで行くと、エーリクが立っていた。

「エリザ嬢の様子からして、礼儀正しく過ごされたようで安心しましたよ」

「失礼なヤツだな」

「あなたの独り言を聞かされてますからね」

「ロウェルの独り言？　何て言ってるの？」

二人の会話に割って入ると、ロウェルは顔を顰めた。

「独り言は他人には話せないものだよ」

「あら、そうね。ごめんなさい」

確かに、私も独り言を他の人には聞かせられないわね。

「エリザ、では今夜はここで。できればもう疲れたからと言って帰った方がいい。その可愛い姿をこれ以上、他の男に見せたくないから」

「上に人がいないか、見てきましょう」

エーリクが階段を上ってゆくと、すぐに上から声がかかった。

「侯爵がいらっしゃいます。エリザ嬢、上ってきてください」

お父様ったら、ずっと待っててくださったのね。

私が階段に向かうと、ロウェルは背後からもう一度私を軽く抱き締めて髪にキスした。

「それじゃ、明日か明後日にはご挨拶に伺うと侯爵に伝えてくれ」

「え……、ええ」

こんなに幸せでいいのかしら……。ロウェルを好きだと思った途端に婚約できるなんて。

この時が、私の人生で一番幸福な時かもしれない。

彼が手を離してくれたから、階段を上ってゆく。途中で下りてきたエーリクとすれ違った。

「また後日。よい報告の時に同席させてもらいます」

「……気が早いわ」

何だか気恥ずかしくて、そのまま階段を駆け登り、待っていたお父様に抱き着いた。

「お父様、もう帰りましょう」

「何があったか、話してくれるかい？」

「家に戻ったらお話しするわ。ううん、早くお話ししたいから、早く帰りましょう」

お父様はわかったとばかりに頷いて、私の腰に手を回した。

「侍従に頼んで、お母様達を呼び出してもらって皆で帰ろう。きっと今夜はお前のデビューを祝うよりももっと大きなお祝いごとがありそうだからね」

……やっぱりみんな知ってたんだわ。

「デビューのお祝いもしてくれなきゃ嫌よ」

「もちろんだよ」

大広間へ戻り、お母様とウィルベルを呼んでもらって私達はそのまま家へ戻った。

パーティはまだ続いていたけれど、私達一家は真っすぐに家へ戻った。

馬車の中で、ウィルベルがにやにやとしながらこちらを見るのが妙にシャクに触ったけれど、今日まで一度も『そのこと』で私をからかったりしなかったので、ウィルベルも見守っていてくれた一人なのだろう。

両親は期待に満ちた目で私を見ていた。

でもやはり『そのこと』については何も口にしなかった。

微妙な雰囲気のまま屋敷に到着すると、執事が予定よりも早い帰宅に驚いてはいたが、応接室にお茶の支度をしてくれた。

家族四人だけの一時。

私はお父様の隣に座り、正面にはお母様とウィルベル。

三人が三人とも、答えは知ってるけれど早くそれを口にして、という目で見つめる中、私はしどろもどろになりながらさっきの出来事を話した。

私がロウェルを好きなこと。

彼にそれを伝えたこと。

そうしたらプロポーズをされたこと。

返事はしなかったけれど、明日か明後日には、正式にお父様に挨拶に来てくれること。

「本当に殿下と結婚していいんだね？」

「はい。望んでいただけるなら」

「強引に迫られたり、権力も行使されていない？」

「そんなことしません。ロウェルは、十四の時に一度気持ちを伝えてくれて……、私が応えるまでずっと待っていてくれたんです」

お父様は心配そうに何度も訊いた。

「好きになった人と結婚できるのね？」

「はい」

お母様の問いかけに満面の笑みで答えると、三人共心からの喜びの笑みを浮かべてくれた。

「よかったわ……」

「お姉様、おめでとう。やっと殿下も報われるね」

「私達の娘が、愛する人と祝福されて結婚できる……。ああ、本当によかった」

お父様は感極まって私を抱き締めてキスした。

幸せだった。

こんなに幸せでいいのかと思った不安すら吹き飛ばすほど、幸せだった。

私は何と幸運な娘だろうと思った。

「まあ、あなた。自分の娘でも、未婚の娘にキスするなんて……」

「姉様！」

「エリザ！」

本当に、『この瞬間』まで、私は幸福を甘受していたのだ。

ロウェルと婚約し、彼の妻となることが夢ではなく現実になるのだと。

微塵も疑うことなく信じていた……。


翌日、ロウェルから正式に王子として我が家を来訪したいという先触れがあった。

けれどお父様はそれを断った。

私が熱を出して臥せっているので、来訪は控えて欲しいと。

午後には見舞いの花とカードが届いたが、彼は来なかった。

来ないで欲しいと言ったのだから当然のことだ。特に、彼の立場であれば、病人のいる家を訪れることは周囲が止めるだろう。

感染を恐れて。

お父様も、大事を取りたいからと仕事を休み、私達家族四人はこれからのことを話し合った。

それは、とても、とても長い時間だった。

過去と未来と。

我が家と王家と。

ロウェルの気持ちと私の気持ちと。

色んなことを話し合った。

結果、私は数日後、ひっそりとお母様と共に領地へと旅立った。

表向きは、お母様が突然の病で病気療養をするために王都を離れることになり、私はその付き添いとして同行するとのことだった。

お父様はすっかり憔悴《しょうすい》していたので、誰もそれを疑わなかっただろう。

更に、ウィルベルは隣国へ留学することが決まった。

私は反対したのだが、彼は引かなかった。

何かしないではいられない。

自分ができることがあるかもしれないなら、何でもやりたい、と。

毎日、家族は同じテーブルを囲んで食事をしていた。

我が家はとても仲の良い家族だったのだ。

けれど、みんな散り散りになってしまった。

私が領地に向かってから一週間も経たないうちに、ロウェルからは手紙が届いた。

お母様の病状を気遣った言葉に続いて、『会いたい』『例の話を進めたい』『時間ができたらこちらへ向かいたい』とあった。

私は当たり障りのない返事をし、今はお母様のことで精一杯で何も考えられないと書いた。

何も考えられないのは事実だったから。

同じようなやりとりが暫く続いた後、彼はお父様に非公式に婚約の話をしたと送ってきた。

けれどお父様には、その話は保留にして欲しいと言われたとも。

反対される理由はないはずだ。

今までだって自分が侯爵邸に通うことを黙認していたのに、どうして今更足止めをされなければならないのか。

それほど侯爵夫人の病状は悪いのか。

もしそうなら王都から優秀な医師を送ってもいい。

王妃である母上も心配している。もし手紙が書けるようだったら、侯爵夫人から母上に手紙を送って欲しい。

お母様は暫く悩んだ後、王妃様に手紙を書いた。

内容は私には知らされなかったが、すぐにロウェルから手紙が届いた。

王妃様が、私との婚約について保留を命じたと。

他の者との結婚を命じられたわけではない。エリザを望むならばそれもいい。けれど今すぐ婚約の話を進めることはできないと言われたそうだ。

私のところへ向かうことも許可されなかったそうだ。

自分はエリザを待つ。

今まで待ったのだから、君が戻るまで待ち続ける覚悟はある。

だから、もし侯爵夫妻に反対をされているのだとしても、私を信じてエリザも待っていて欲しい。

必ず一緒にいられる方法を見つけだす。自分の妻はエリザしか考えられないのだから。

手紙には、いつも涙が出るほど嬉しい言葉が並んでいた。

手紙が届いた日は、いつも泣いてしまった。

けれどお母様の前では絶対に泣かなかった。お父様にも、何も言わなかった。

辛いのは私ではないと思ったから。

今までの私は、自分がどれだけ恵まれているのかを考えたこともなかった。

本当に、子供だったのだ。

自分の身に『こんなこと』が起こって、自分を見つめ直して、色々なことを考えた。

あっと言う間に一年が過ぎ、ウィルベルが留学から戻って領地にやってきた。

問題の解決になる糸口が見つけられなかったと、がっくりと肩を落として。

「相手が女性ですし、問題がありますから、私のような若輩者に口を開いてくれる者はいませんでした。だがどうやら屋敷は出されたようです」

ウィルベルは、一年会わない間に随分と背が高くなっていた。

もう十六になったので、この後はお父様の補佐をしながら王城で働くならば、これ以上国から出ていることは難しい。

私はこの一年に感謝して、もうこのことは考えなくていいと言って王都へ送り出した。

今も、ロウェルからの手紙は続いている。

忘れないと、待つという約束を果たすように、贈り物も続いていた。

何もしないでいても辛いでしょうと、お母様は私に今まで以上の教育を施した。

体調を壊すことはなかったけれど、私は少し痩せた。

背も少し伸びて、体つきは女性らしくなった。

時々訪れるお父様やウィルベルは、可愛いから美しいに変わったねと言ってくれたけれど、それを見せたいと思う相手と会えないことが寂しかった。

時間だけが流れるように過ぎていき、私が王都を離れて二年が過ぎようとした頃、私はお母様に懇願した。

「一度だけでいいの、短い間でいいから、王都に戻りたいの」

お母様は静かに私の言葉を聞いてくれた。

「それは殿下にお会いしたいから、ということ？」

「……ええ」

「それであなたは辛くはないの？」

「辛いと思うわ。でも、このまま彼を待たせておくことはできないから。ロウェルは先日立太子して王太子になったでしょう？　次期国王が婚約者がいないのはおかしいもの」

「殿下はあなたを……」

「私は王太子妃にはなれないもの。彼が他の誰かと結婚したら、側妃にはなれるのかな……？　でもそれじゃ王妃になられる方に失礼ね」

「エリザ……」

お母様は目を真っ赤にして、はらはらと涙を零した。

病気は嘘なのに、この二年でお母様も随分と痩せてしまった。

お母様は少しも悪くないのに。可哀想なお母様。

私は無理に笑みを浮かべた。

「私が自分でお別れを告げるわ。でないときっとロウェルは納得しないし。そうすれば私もきっと諦めがつくと思う」

「どうしてあなたがこんなことに……」

「それは言っても仕方のないことだわ。むしろ先にわかってよかった。知らないまま結婚することになったら、もっと大事になってしまったでしょうし」

ロウェルが王子でなければよかったのにとは言ってはいけない。

彼は王子としての務めを果たし、立派な王になれる人だもの。

だからこんな私では彼と結婚することはできないのだ。

国民に祝福されて、貴族達の前で彼と愛を誓うのは私ではない。

「彼に本当のことを告げては？」

「言っても何も変わらないわ。お父様も、ウィルベルも色々と調べてくれたけれど、何もわからなかったのですもの」

「……そうね」

「彼と会うのは、思い出を作るため。お別れを告げたら、ここへ戻って修道院にでも入るわ」

「そんな、エリザ……！」

「だって、もう私は彼を一番愛してると自覚してしまったのだもの。他の方のところへ嫁ぎたくはないわ。それに、いつかウィルベルも結婚するでしょう？　その時に行き遅れの姉がいては迷惑になってしまうわ」

「あなたは私の大切な娘よ、手放したりしないわ」

「お母様」

「その時には、私と一緒にどこか静かなところで暮らしましょう」

「お父様が可哀想よ。もう二年もお母様と一緒にいられなくて悲しんでいるのに。お母様はお父様の側にいてあげて」

「ああ……、どうしてあなただけが……」

私達は抱き合って泣いた。

悪いことなどしていないのに。

愛する人と結ばれて、幸せになりたいと思っただけなのに。

何故それが叶わないのか、と。

お母様は最後にこう言った。

「私も一緒に戻りましょう。私は病弱になってしまったのであなたの介助が必要。だからあなたは行動が制限されるということにして、パーティやお茶会の出席を断りやすくしましょう。エリザは自分の思う通りに行動しなさい。家に籠もるのも、出掛けるのも、好きにしていいのよ」

「でもそれではお母様の社交が……」

「私にはもう愛する夫と子供がいます。それ以上のものは望みません。だからエリザは自分のことだけ考えなさい」

「……ありがとうございます」

そして、私は二年ぶりに王都の屋敷へ戻ることにした。


私とお母様が王都に戻ったことはすぐに皆に知られて、あちこちからお茶会やパーティの招待状が届いた。

決めてあった通り、お母様はまだ病から回復しておらず、外出は控えたいということにして、親しい方を呼んで我が家でのお茶会を開くだけに留めた。

お母様のお友達は皆心配してくれて、王妃様もお花を届けてくださった。

私は社交界にデビューしたので、私個人宛の招待状も届いたけれど、お母様を一人にできないからという理由で辞退させていただいた。

もちろん、ロウェルからも手紙は届いた。

王都に戻ったならば会いたい。

屋敷を訪問していいだろうか、と。

だがそれはお父様からお断りを入れた。

二人が戻ったばかりで屋敷の中はまだごたごたとしているので、暫くご遠慮願いたいと。

ウィルベルは、いつの間にかお父様の補佐からロウェルの補佐官になっていた。

「殿下は実力主義だから、姉上のことで取り立てられたわけではないよ」

と報告してくれたウィルベルは、もう私より背が高かった。

金髪で、父に似た面差しの弟はなかなかモテるらしい。

彼もまた、お母様の体調を理由に、婚約を断っていた。

「まだ補佐官だからね。もっと精進して側近になれたら考えるよ」

お父様の補佐だった時は官位はなく、いわばお父様のお手伝いのようなものだった。今の補佐官は『官』と付くだけあって正式な役職だけれど、することは雑務。

エーリクのように側近となれば、殿下の相談役にもなるし、意見を言うことも許される。

まだまだ先の話だろうけれど、そうなったら焦らずとも婚約の話は降るほどやってくるだろう。

「だから僕のことは心配しないで。決まった相手もいないから、姉さんがパーティに出席する時は僕がパートナーを務めるよ」

そうは言われても、お断りが続いていたので、どこのパーティに出席したらいいのか、悩んでしまう。

デビューの時しか姿を見せなかった私への興味が大きいのだろう。

お母様に相談すると、それならばセリミス公爵のパーティがいいだろうということになった。

セリミス公爵夫人はお母様が子供の頃から親しくしていた方だし、息子さんの奥様はお姉様のようにお母様に接してくれた方で、我が家にも何度か遊びにいらしてくださった。私もよく知っている方だ。

それに公爵家が一番になるのなら、他の家の方々も文句はないだろう。

考えてみれば、これがデビューしてから初めてのパーティへの出席なのだわ。

新しいドレスを作って、ウィルベルにエスコートを頼んで、少しの期待と不安を抱いて、公爵邸へ向かった。

子供の頃にお邪魔したことのある公爵邸は、多くの馬車が並び、華やかな様相を呈していた。

「緊張している?」

エスコートしながら、ウィルベルが訊いた。

「少し」

「僕はもう何度もこういうパーティには出席してるから、安心して頼っていいよ」

弟のクセに生意気と思わないではないが、ずっと王都にいて仕事もしているウィルベルは確かに私よりも慣れているのだろう。

ここはおとなしく彼に従っておこう。

パーティは思っていたよりも人が多く、広間へ足を踏み入れると、その多くの人々が私達に注目した。

一瞬ドキリとしたが、その理由はすぐにわかった。

「ウィルベル様、今日のお相手はどちらのお嬢さんですの?」

若い女性が私を窺うようにしながら声を掛けてきた。

「お久し振りです、キャロライン嬢。こちらは姉のエリザです。姉さん、こちらはハイルズ伯爵令嬢のキャロライン嬢」

「まあ、お姉様でしたの」

その時の彼女の安堵した表情を見て、彼女がウィルベルを気にしているのだとわかった。

それと同時に、こちらを見ている視線の主に若い女性が多いことにも気づいた。

「いつも弟がお世話になっています。暫く王都を離れていたものだから物知らずですの。私ともどうぞ親しくしてくださいね」

「あ、いえ、こちらこそ」

「公爵夫人にご挨拶しなければならないので、失礼します。また後程」

ウィルベルに微笑まれて、彼女は頬を染めた。

うん、やっぱり。

彼女はウィルベルが好きなのね。

エスコートされて歩き出しながら、私は我が弟を見上げた。

背も高くなり、子供の頃は可愛いだけだった顔も男っぽくなってきた。金髪に緑の瞳を持ち、王太子の補佐官であるウィルベルはかなりモテるだろう。

「何?」

私の視線に気づいて、ウィルベルがこちらを見る。

「ううん。ウィルベルは素敵な男性になったのね」

「姉さんも美しい女性になったよ？」

「ありがとう」

「だから僕の側を離れちゃダメだよ。ダンスの誘いも全部僕が断るから」

「まあ、ウィルベルったら」

「本気だよ？　悪い虫は近づけないようにしないと」

「でもそれじゃあなたが踊れないわ」

「僕は今日踊れなくても、他のパーティにも出席するからね。ご心配なく」

人々の間を縫って、公爵夫妻にご挨拶に伺う。

公爵夫人は先日お母様が開いたお茶会には出席していなかったので、久し振りにお会いする私にとても喜んでくれた。

「美しくなったわねぇ、エリザ」

お年を召した方だったけれど、以前よりさらに髪に白いものが増えている。

「お久し振りです」

「お母様はいかが？　ウィルベルに訊いても、『まあまあです』ばかりなのよ。男の子はだめね。もっとちゃんと説明して欲しいのに」

「きっとご心配をかけたくなかったからですわ」

「それで？　お母様はいかが？」

「今はだいぶよくなりました。けれどパーティへの出席は控えるそうです。久し振りにお父様と一緒にいる時間が惜しいみたいで」

「病気だったのでしょう？」

その問いに対する答えは用意してあった。

病気ということにしたけれど、お母様はそれでは側にいた私にも感染するのではないか、侯爵家に病持ちがいるとなってウィルベルの将来にも影響が出るのではないかと心配した。

なので私は公爵夫人の耳に顔を寄せてこう答えた。

「病気というわけではありませんの。ただ月のものが重くなってしまって。けれど、公には説明できませんでしょう？　ですから病気、と」

「まあ、そうだったの。それはウィルベルには説明できないわね」

女性ならばわかってくれる。

そして女性ならば、無闇に吹聴はしないだろう。

挨拶が済むと、ウィルベルは私の手を取ってフロアへ向かった。

「踊ろう、姉さん。前の時はお父様に他の人と踊らせてあげろ、お前はいつでも踊れるのだからと言われて我慢したんだ。だから今夜は僕の順番だ」

「喜んで」

「僕とのダンスが終わったら、足を捻ったと言って休めばいい」

「あら、他の方と踊っても平気よ？　ダンスだけだもの」

「いや、それは……」

ウィルベルは歯切れ悪く答えた。

「僕が姉さんを独占したいってことにして」

甘えているのかしら？

思えば二年間、側にいられなかったのだもの。

「わかったわ。今日のダンスはあなたとだけにするわ」

踊りだすと、『足を捻った』の言い訳は使えないと思った。ウィルベルのリードはとても上手かったので。

以前は私より背が低かったので、ウィルベルが練習の相手を務めることはなかった。こんなに上手かったなんて知っていれば頼んだのに。

いいえ、そうじゃないわね。

きっとこの二年間で上達したのだわ。

ダンス……。

ロウェルと踊りたかったな。

ダンスぐらいなら踊っても問題ないのだから。

曲が終わったので手を離そうとしたのに、ウィルベルは離してくれなかった。

「もう一曲」

と言ってステップを踏み出す。

「姉さんは僕の仕事、わかっているよね?」

「ロウェル……殿下の補佐官でしょう?」

「『の一人』だけどね」

「それでも凄いわ」

「単身留学したのがよかったみたい」

「よかったわ、私のせいで国を離れることになったから……」

「違うよ。僕が望んだんだ。それにこうして結果に繋がってる」

「私、ウィルベルはお祖父《じい》様みたいに外交官になるのかと思ったわ」

「殿下の側で働きたかったんだ。あの方は尊敬に値する方だから。姉さんも大切だけれど、僕にとっては殿下も大切な人だ」

「ええ、わかるわ。どうか殿下を支えてあげて」

私は彼を傷つけてしまうだろうから。

二曲目を終え、フロアを下りる。

すぐに人々が集まってきて、私達に声を掛けてきた。

「エリザ嬢。次は私と踊っていただけませんか?」

「残念だが、今夜は僕が独占することにしたんだ。何せ、初めて姉弟で出席するパーティだからね」

「ウィルベル様も踊られないのですか？」

「今夜は申し訳ない。だがよければ姉と話をしてあげてください」

その会話で、男性達は渋々と引き下がり、女性達はウィルベルの側にいられることに喜んで私に話しかけてくれた。

「ずっと領地にいらしたのですか？」

「ええ」

「ウィルベル様とはお小さい時から別々に？」

「いいえ、社交界デビューまでは私も王都に」

「私、拝見しましたわ。オンブルー侯爵様とのダンス。私のお父様ではああはいきませんわね」

ウィルベルのお陰か、女性達は概ね好意的だった。

私の友人もやってきて、ちょっとした女性の集まりのようになってしまったけれど、ウィルベルは男性一人なのに嫌な顔もせずににこにこしていた。

女性に囲まれて嬉しいのかしら、と思った時小さく声が上がり、人々の輪が外側から解けた。

慌てた様子で開けられた道の先に、男性が二人。

「女性の集まりの中心はお前か、ウィルベル」

声を聞いただけで、身体が震える。

「誤解ですよ、殿下。中心は姉です」

ロウェルとエーリク。

二人が並び立つ姿など、見飽きるほど見てきていたのに、心が締め付けられる。

二人共、以前よりもずっと男らしくなって。ロウェルには威厳さえ窺える。必死になって堪えなければ、涙が零れそうだった。

「ウィルベルの姉君か。エリザ嬢だったな」

私とロウェルの関係は皆知らないから、ロウェルは他人のように挨拶した。

……王子様の笑顔で。

「ご無沙汰しております、殿下」

私も、他人行儀に深く礼を取る。

「母君の療養に付き合って領地に下がっていたとウィルベルから聞いている。今日は久し振りのパーティか？」

「はい」

「では、お戻りを祝って私と一曲踊ろう」

「……殿下」

王太子から申し込まれて断ることなどできない。

「行っておいでよ、殿下とのダンスなんて光栄だろう？」

ウィルベルに背中を押されて、差し出されたロウェルの手を取る。

慌てた様子もないウィルベルに、彼はロウェルが来ることを知っていたのだとわかった。

自分の仕事はロウェルの補佐官だと、今更ながら口にしていたのはこういうことだったのね。私も大切だけれど、殿下の願いも聞かなければならない立場だ、と。

彼の手を取って踊りに入る。

「会いたかった」

踊りながら、一番に彼が言った。

「二人きりなら、今すぐ抱き締めたいくらいだ」

「……お戯《たわむ》れを」

私の大好きな紫の瞳が真っすぐに見つめてくる。

その視線に耐えられなくて、私は目を逸らした。

「何故目を逸らす」

「恐れ多いからですわ、殿下」

「エリザ?」

グイッと腰が引き寄せられる。

「だめ、やめて」

「どうして。じきに婚約するのだからいいだろう」

「しないわ」

「……どういうことだ？」

「そのままよ。私は殿下と婚約はいたしません」

「ここで口付けたら、婚約しないわけにはいかなくなるな」

「やめて！」

思わず組んでいた手を離すと、彼に握り返された。

「私に恥をかかせるな。おとなしく踊れ」

「あなたが変なことを言うからでしょう。ウィルベルにお願いして私がここに来ると知ったのね」

「お願いでは聞いてくれなかった。だから命令した」

「命令？」

「そうだ。君のことを訊いても、留学していた自分にはわからない、領地に戻っていないからわからないばかりだった。戻ったと聞いて、私はすぐに会えると思っていたのに、それも侯爵家に拒絶された。だから命令したんだ。こんな、私的なことを」

自分の権力で人を動かすのを嫌う人だから、それをしたくはなかったのだろう。ウィルベルも、私の為に抗ってくれていたのか。

「侯爵に反対されたのか」

「いいえ。私の意思です」

「ならば理由は？」

すぐに返せなくて口籠もる。

「私は君を妻にする」

「……それはできません」

「私が納得する理由もないのに諦めると思うか？」

「わ……、私は他に好きな人が……」

「すぐバレる嘘だ。それならば一番にそう言うだろう。……まさか病気なのは母君ではなく君か？

いや、そんなはずはないな。侯爵が領地に医師を送ったとも聞いていない」

「そんなことまで調べたのですか？」

「何でも調べるさ。愛する者のことだ」

愛する者と言われて、苦しくなる。

その言葉はとても嬉しい。とても、とてもよ。

でも同時に、今の私には刃のように胸を抉る言葉でもあった。

「私のことはもう忘れてください」

「できるわけがない」

「殿下」

「私は絶対に君を逃さない。たとえ権力を行使しても。君が私を納得させない限りは」

曲が終わる。

二曲続けて踊れるのは、家族か婚約者以上の関係の者達だけ。

それは理解してくれているのだろう。彼はフロアを下りて私をウィルベルに手渡した。

「エリザ嬢。楽しい一時だった」

私を見つめる彼の瞳には、怒りのような悲しみのような揺らぎだった。

けれど目が合ったのは一瞬で、彼はすぐに背を向けて立ち去った。

「姉さん？」

「殿下とのダンスなんて、緊張してバランスを崩してしまったわ。足を挫いたみたい。ご挨拶も済んだし帰りたいわ。皆様、お先に失礼いたしますわ」

周囲の女性達に会釈し、私達は会場を辞した。

「……ごめん」

「命令なら仕方ないわ。お願いは断ってくれたのでしょう？」

「聞いたの？」

「ええ。ありがとう。あなたの立場では苦しいことも多いでしょう」

「いいよ。気にしないで」

ロウェルと踊りたかった。

それが叶ったというのに、胸に残るのは悲しみだけ。

頭ではわかっているけれど、心がついていかない。

まだ、彼を求めている。

諦めようと思っていたのに、『愛する者』と言われて心が揺らぐ。『私も』と言えたらよかったのに、あのまま彼の腕に身を任せられればよかったのに。

ロウェルは、他のお嬢さんとも踊るかしら？

帰るのは、それを見たくないからかも知れない。

彼と別れなければならないという傷口は、まだぽっかりと開いたまま乾いてもいないのだと思い知って、帰りの馬車の中で少し涙が滲んだ。

それでも、彼と会えた喜びは消えなかった。

未来はないのに……。


屋敷に戻ってからも、ウィルベルは私に謝った。

先に知らせておけばよかった、突然で悪かったと。

でも知らされていたらきっと欠席しただろう。

自分からは会う勇気が出ないから、これでよかったのかもしれないと言うと、少しだけほっとしていた。

ロウェルの、今日の礼服は深い青だった。

とても似合っていたわ。

握った手は以前よりもゴツゴツとしていて、ペンか剣のタコらしいものがあった。指も関節の目立つ男の人の手だった。

髪も、前髪が少し伸びていたかしら？

ああ、目を逸らしたりしないで、もっとちゃんと顔を見ればよかった。

ダンスも、もっとちゃんと踊れるのに。下手だと思われたかしら。……思われたわよね。彼はもっと上手い人と沢山踊ってるんだろうし。

会いたくて、会いたくて、やっと会えて。

でも上手く対応できなくて。

きっぱり諦めるために王都へ戻ってきたのに、もう一度だけちゃんと踊りたい、もう一度だけ彼の顔を見つめたい。

離れていたら、諦められるかもと思っていたのに、声を聞いて、姿を見て、触れられたら、ダンスをしたり会話をするくらいならいいんじゃないかと考えてしまう。

彼に応えられない限り、それは徒《いたずら》に彼を傷つけることなのに。

暫くは、パーティには出ないことにしよう。

もう一度心を落ち着かせて、冷静に彼と話ができるまでは。

女性だけのお茶会ならば、彼が現れることはないだろうからそれだけにしよう。お友達からも誘われているし。

そう思っていたのに、私の計画なんていつも簡単に潰れてしまうのだ。

「王妃様からの招待状？」

ロウェルとの再会を果たしてから三日後、王家の封蠟《ふうろう》のされた手紙が届いた。

内容は、身体がよくなったのなら是非出席して欲しいと書き添えられた、王妃様主催のパーティへの招待状だった。

陛下が地方視察で不在なので、王妃様が主催となるらしい。

その分、少し規模は縮小するかもしれないが、それでもかなり大きなパーティとなるだろう。

当然両親への招待ではあるが、私にも個別に届いた。

ウィルベルはその日は仕事らしく彼宛には届かなかったが、入場の際のパートナーを務める許可は貰えるらしい。ロウェルが他の男に私のエスコートをさせるわけがないから絶対だ、と弟は苦笑していた。

「これは断れないな……」

お父様が言うまでもない。

国王陛下であろうと、王妃様であろうと、王家が主催するパーティに欠席することができないことに変わりはない。

その上、別添えで王妃様からはお母様に、元気な顔を見せて欲しいというメッセージまで付いていたのだ。

「パーティに出席するだけなら、何も問題はないだろう。婚約の話が出ても、こちらから断っておくから安心しなさい。ただ、他の男達にも気を付けるように」

そうね。

暗く考えても仕方がないわ。

パーティに出て、お友達と話をしたり、ダンスをすることに支障はないのだもの。ロウェルに近づかなければいいだけだわ。

いいえ。今度こそ、思い出に残るダンスが踊りたい。

……それは贅沢な望みかしら？

せめて、凛々しい彼の姿を心に刻むほど眺めていたい。

それができたら、私は一人で領地に戻ろう。

お母様だって、お父様と離れたくないはずだもの。

領地に戻って……、それから何をしようかしら？

修道院は許可されなかったし。領地経営のお手伝いでもしようかしら？

引き籠もっていた二年間、お母様は私に暇を与えないかのように、様々な知識を詰め込んだ。それはもしかしたら、そういうことだったのかもしれない。

跡取りのウィルベルは城で働いているし、それなら私にも価値のある人生が送れるかも。

ロウェルでなければ、結婚できるかもしれない。けれど、ロウェル以外の人とは結婚したくない。

一生独身なら、仕事に生きるのも悪くないかも。

彼とは……、友人に戻ればいいわ。

……戻れれば。

これが最後かも知れないと思うと、彼の目に美しい自分を見せたくて当日の装いは力を入れた。

デビュタントの時に貰った髪飾りを付けて、ドレスは薄紫に白のレースを重ねた大人っぽいものにした。

何も知らない侍女達は、もっと派手なドレスがいいと言ってくれた。

けれど、彼に大人になった自分を見てもらいたかった。

もう見せることができないだろうから。

いつまでも子供じゃないのよ、ちゃんと大人の女性として、あなたを愛したのよ。言葉にできない気持ちを伝えたくて。

彼の瞳の色を纏って、たとえ離れてもあなたのものですとも伝えたかった。

緊張しながら向かった王城は、変わらず大きく美しく、集う人々も華やかで、私など埋もれてしまいそうだった。

夢のような場所だわ。

いいえ、これからは夢でしか来られない場所、ね。

大広間へ入ると、久々に顔を見せたお母様に人々が集まる。

目立ちたくない私はウィルベルと共に両親から離れた。

「お仕事があるのでしょう？　いつまで一緒にいてくれるの？」

「書類仕事だよ。近日中に隣国の王太子が来訪するのでその資料作りだ。殿下も、残業するならずっとパーティに出ていて構わないと言ってくれたし」

「残業なんて、身体に悪いわ」

「仕事を任せられてる充足感がある」

ウィルベルは笑ってごまかした。

「僕は、殿下に全て話してもいいと思ってるんだよ」

「ウィルベル？」

「お別れするにしても、何も知らせないままじゃ殿下が可哀想だ。姉さんが領地にいる間も、僕は殿下を見てきた。あの方は本当に姉さんを必要としていると思う」

「……ええ。でもね、もし知ったら、彼を巻き込んでしまうかもしれないと思うと、怖くてできないのよ。私もロウェルが大切だから」

隣でウィルベルが大きなため息をついた。

「バカな女のせいで僕の大切な人達が不幸になるのは許せないな。言っておくけど、僕は殿下と姉さんが幸せになる道しか選びたくない。父さん達とは少し考え方が違うかもしれないよ」

私だって、幸せになる道があるならそれを選びたい。

探しても見つからなかったから、一人になるしかないのよ。

壁際で二人並んで王妃様の登場を待つ。

緩やかに流れていた音楽が止まり、正面の玉座に王妃様とロウェルが現れる。マルセル殿下が姿を見せるにはあと二年あるので、今日も欠席だ。

陛下のための玉座は空っぽのまま、王妃様がお言葉をくれた。

「今宵は、先日完成した王立病院の落成を祝っての宴となる。生憎と陛下は不在だが、皆も新たな施設をもり立てるための尽力を誓って欲しい」

施設の落成でわざわざパーティを開くなんて、王立病院は余程肝入りなのね。

王妃様が右手を上げると、楽団は再び音楽を奏で始めた。

人々のざわめきが旋律に添えられ、花が開くようにフロアに歩み出た人々がダンスを始める。

「踊る？」

「いいえ、ロウェルを見てるわ」

「そう」

一段高い場所にいたロウェルは、すぐに段を下り、人々に囲まれた。

彼にはやはり黒い礼服がよく似合うわ。

でも人の群れのせいで全身はよく見えない。

長身だから顔は見えるのだけれど、それも同じくらい背の高い若い方が近づくと見えなくなってしまう。

もっと近くへ行きたい。

でも近づいて声を掛けられるのが怖い。

まだ彼を納得させられる別れの理由を考えついていないから。

「エーリクが気づいたね」

言われて見ると、ロウェルから少し離れた場所に立っていたエーリクと目が合った。

エーリクは人の輪を割ってロウェルに近づき、何事かを囁く。

きっと私かウィルベルの存在を知らせたのだろう。ロウェルも私を見た。

目は合ったと思う。けれど彼は動かなかった。

きっとお仕事の話をしているのね。

彼は、王族として真面目に働く人だもの。

離れていた時も、彼の仕事ぶりは耳にしていた。地方へ視察に出たり、役人の不正を暴いたり、身分の低い者を能力主義で登用したり。

新聞に載ったものもあれば、ウィルベルからの手紙で知ったものもある。

婚約は、マルセルが社交の場に出られるまで考えないと公言していたけれど、あちこちの貴族令嬢が彼に寄り添い、他国からも婚約の打診が来ていることも知っていた。

もし我が国の国力が低かったら、ゴリ押しされていたかも知れない。

幸いにも、我が国は大国と言っていいほどの力を持ち、国内も安定しているのでロウェルの我が儘は通っていた。

そう、我が儘だ。

王族の結婚は政略なのに、相手は自分が選ぶと言い切っているのだから。

そしてその我が儘を言わせているのは自分なのだ。

早く解放してあげなくては。

王太子という重責を分かち合ってくれる人が必要だもの。

何人かの知り合いに声を掛けられ、ダンスを申し込まれたりもしたけれど、足を捻ってダンスができないと理由を付けて私はずっと壁際にいた。

ロウェルを囲んでいた男性達の輪が崩れ、彼が女性とダンスを踊る。

その瞬間、涙が零れそうになるくらい胸が痛んだ。

彼に近づいてはいけないと思いながら、心のどこかで彼が私のところに来てくれることを望んでいたのだろう。

「姉さん？」

思わず隣にいたウィルベルの腕にしがみつくと、弟は心配げに顔を覗き込んだ。

「ううん、何でもないわ」

「……椅子に座ろうか？」

「いいの、このままで」

たとえ見たくない光景でも、ロウェルを見ていたい。

彼は、二人の女性と踊った。

その後は、ひっそりと退室してしまった。

ウィルベルも仕事があると言っていたのだから、彼も執務に戻ったのかも。今夜の主催は王妃様なので、王妃様がいらっしゃればいいのだ。

「失礼いたします、オンブルー侯爵令嬢でいらっしゃいますね？」

背後から声を掛けられて振り向くと、年配の侍女が深く頭を下げた。

「はい。そうですが、何か？」

「王妃様が内密でお話があるそうですので、別室へご案内いたします」

「王妃様が？」

私はまだ玉座に座ったまま人々の相手をしている王妃様を見た。

「陛下は後程退席いたします」

つまり先に行って待っていて、ということね。

「ウィルベル、行って待ってくるわ。その後はもう帰るから、あなたも仕事に戻っていいわよ」

ウィルベルは複雑そうな顔で侍女を見下ろした。

「……わかった。君、呼び出した主に、話が終わったら姉上を馬車まで送り届けるよう頼んでおいてくれ。僕は執務室にいるから、送る者がいなければこちらに言伝をと」

「かしこまりました」

王妃様はお母様とお話をするのかと思っていたけれど、その前に私からも何か聞きたいのかもしれない。

私は侍女に付いて大広間を後にした。

結局、ロウェルは少ししか見られなかったわ。

もう一度、もう一度だけ彼の出席するパーティに出るべきかしら？　それともこのまま離れた方がいいのかしら？

ぼんやりとしたまま侍女に付いて行くと、彼女はだんだん人気のない通路へと進んでいた。

「随分離れたお部屋へ向かうのね」

「内密なお話だそうですから」

「そう……」

でもこちらは王家の居住区に近いのではないかしら？

人払いしなければならないほど重要な話？

……婚約についてのことかも。

私からは話せないから、何か訊かれたらお父様に丸投げね。

侍女は、目的の扉の前で足を止め、ノックした。

「失礼いたします。オンブルー侯爵令嬢をご案内いたしました」

まだ王妃様は大広間にいるはずなのに、そう声を掛けてから扉を開けた。

「どうぞ」

王妃様がいる体で行動する侍女に合わせて、私も無人の室内に声を掛けた。

「失礼いたします」

「掛けてお待ちください」

部屋は、客室のようだった。

広い部屋には大きな長椅子とハイバックの一人掛けの椅子が囲むテーブルがあり、その上にはお茶の支度がしてあった。

背後で扉が閉まったので、そのままテーブルへ向かい、長椅子の方へ座る。

「さて、話をしようかエリザ」

その途端部屋に響いたのは、話をするはずの王妃様ではなくロウェルの声だった。

「ロウェル……！」

扉の陰に隠れるように立っていた彼がツカツカと歩み寄り、立ち上がろうとしていた私の隣に腰掛けた。

「やっと私の名前を呼んだな」

少し怒っているように光る紫の瞳。

「……こちらには王妃様がいらっしゃるのでは？」

「母上は来ない。君と話がしたいから名前を貸して欲しいと頼んだのだ」

「……ウィルベルは知っていたの？」

「いいや、知っているのは案内を頼んだ先程の侍女と母上とエーリクだけだ。王子宮の侍女だから、あいつは顔を知っていたかもしれないが」

だから戸惑うような顔をしていたのね。

ロウェルの侍女が王妃の名を騙ったから。

「あなたと話すことはありません。帰してください」

「だめだ」

腰を浮かせた私を、彼が引き留めて椅子に縫い付ける。

「言ったはずだ。私との結婚を断るなら、納得のいく説明をしろ、と」

「それは……」

「私の贈ったものを髪に飾り、私の瞳の色のドレスを着て、何と説明するつもりだ?」

「これは最後だから……」

「最後になどさせるものか」

「ロウェル」

腕を掴まれて、逃げられなくなる。

「侯爵に訊いても満足のいく説明は得られなかった。ウィルベルにしてもそうだ。君が他の男を好きになったと言うなら、あの二人がそれを告げただろう。病気や怪我ならば、それも教えられるはずだ。一体何が理由なんだ?」

詰め寄られて、身体を引く。

「私は君だけを愛してる。君しか結婚相手はいないと考えているとも告げた。二年前、エリザは私が一番好きだと言っただろう。侯爵家に婚姻の申し込みをすると言ったら、喜んでくれただろう」

「あの時は……」

「では、あの後に何があった?」

「ロウェル、近いわ」

「まだ遠いくらいだ」

言うなり、彼は私を抱き締めた。

頭を肩に載せた彼が耳元で囁く。

「私を捨てるのか？」

こちらが切なくなるような震える声。

「そんなふうに言わないで」

「私を愛しているんだろう？」

それに答えることはできなかった。

否定も、できなかった。

「君は一度私を受け入れた。もう我慢をしなくてもいいのだと私を解放してしまった。その上で私から去るというのなら、この場で君を抱いて誰にも渡さないようにしてもいい」

「ロウェル！」

「閉じ込めて、どこへも出したくない」

「そんなこと言わないで……」

いつも、微笑んで私を待っていてくれた彼のどこにこんな激情があったのだろう。

この激しさを内包しながら、幼い私が受け入れるまで待っていてくれたのかと思うと涙が零れた。

「エリザ……」

彼の唇が耳に触れる。

「ダメ！」

焦って彼を押し戻そうとしたが、がっしりとした彼の身体はビクともしなかった。

「だめなの……。私はあなたと結婚できないの……」

「何故？」

もう一度、唇は耳に触れた。

そして次は頬に。

「お願いだから離れて！」

「嫌だ」

「ロウェル！」

彼が身体を起こし、私を抱いたまま正面から見つめる。

「理由は？」

このままでは、話さなくてもバレてしまう。

どうすればいいの？

「エリザ……」

唇が、私に近づく。

ああ、もうだめ。

「……私は呪われてるの！」

「エリザ？」

「……私……、呪われているのよ。……だから、あなたとは結婚できないの」

口にしてしまうと、涙がわっと溢れてきた。

「ロウェルが好きよ。愛してるわ。あなたの側にいたいわ。……でも、あなたと結婚はできないの」

「冗談を言ってる……、わけではなさそうだな……」

彼の指が、零れた私の涙を掬い取る。

「本当よ……。冗談だったら……、どんなに良かったか……」

「泣かないで、君の泣き顔には弱いんだ」

信じてはくれたのだろう。

彼の表情は柔らかないつものものに戻ったから。

けれど、呪いがどんなものなのかまでは伝えなかったから、彼は慰めるように私の唇に唇を重ねてしまった。

「だめ……っ！」

咄嗟に顔を背けたけれど、もう遅かった。

ロウェルを愛しているから彼と結婚したいと家族に告げたあの夜、喜んだお父様が頬にキスしようとした。偶然にも私がお母様に向き直ろうとしたせいで、お父様のキスは私の唇に落とされた。

あの時と同じように、呪いは発動したのだ。

「……エリザ？」

肩の出る大人のドレスがストンと肩から落ちる。

下に着ていたビスチェはだぶだぶになり、髪飾りが緩んで外れ、髪が解ける。

「これ……は……」

驚く彼の前で、私はまた泣き出した。

「だから……、結婚はできないの……」

そう言う私の声は子供のそれだった。

「待て」

ロウェルは慌てて自分の上着を脱いで私に纏わせた。

きっちりとボタンまで嵌めてくれたせいで身動きが取れなくなったが、乱れた服装のままでいることの方が恥ずかしかったのでそのままでいた。

「……どういうことだ」

髪に指を差し入れ、長い前髪を掻き上げながら彼が呟く。

「呪い？　これが？」

私はコクリと頷いた。

「男の人とキスすると、子供になってしまうの。お母様は、多分七、八歳頃の私だろうって……」

「確かに……、その位の君だな」

また涙が零れたが、彼の上着のせいで手が出せずに拭えないでいると、テーブルからナプキンを取っ

て彼が拭いてくれた。

「……取り敢えず、私は後ろを向いているから、服に袖を通して着直しなさい」

「ボタン、外せないわ。外して？」

「う……。ああ、うん」

ロウェルは「……子供の着替えだ、子供の言葉だ」と呟きながらボタンを外してくれて、すぐに背を向けて私から離れた。

小さな手で上手くできなかったけれど、何とか袖に腕を通して自分でボタンを留める。

「もういいわ」

振り向いたロウェルは、何故か口元に手をやって天を仰いだ。

「……可愛過ぎる」

「子供っぽいのは子供になったからよ……」

折角大人な自分を見せようと思っていたのに。

「そういう意味じゃない。いや、そういう意味だ」

「ドレスを脱いでもいい？」

「エリザ」

「靴も脱げてしまったし」

「スカートは膝掛けだと思って我慢してくれ。私のために」

「ロウェルのため？」

「その……、下着姿の幼女といると思われると困る」

「ああ、そうね」

彼は深呼吸してから、私の元に戻ってきた。

「今度こそ、説明してもらえるね？　誰に呪われた？　そいつを殺せば呪いは解けるのか？」

目が真剣でちょっと怖い。

「解く方法はわからないの。呪った人は隣国の女性よ」

「ずっとこのままなのか？」

「何度か試したけれど、一晩眠れば元に戻るわ」

「何度か試す？　誰と試した？　キスしないと発動しないんだろう？」

彼の眼差しが更に真剣になる。

「もちろん、お父様よ」

「ウィルベルは？」

「弟と唇にキスなんかしないわ」

「……父親ともしないで欲しいけどね。それで？　どうして隣国の女性に君が呪われることになったんだ？」

彼も私も落ち着いてきたので、私は自分の知ることを全て彼に話した。

お父様が若い頃、隣国で知り合った女性に一目惚れされてプロポーズされたこと。もちろん、お父様はそういうことは大人になって恋を知ってからにしなさいと諭した。

たった一度、パーティの席で会っただけの少女だった。

けれど数年後、彼女は父親と共に我が家を訪れた。

その時には既にお父様はお母様と結婚していたし、私も産まれていた。

過ぎた日々を思い出して訪ねてくれただけだと思っていたのに、少女はお父様と結婚するつもりだったらしく、激しくお父様を罵《ののし》った。

『裏切り者！　許せないわ！　あなた達なんか不幸になればいいのよ！　結婚の約束を破棄したあなたに相応しい呪いを与えてやる！　その娘は一生まともな結婚などできないようにしてやるわ！』

他国の侯爵に暴言を吐いた娘に驚き、父親は謝罪してすぐに娘を連れて退散した。

暴言は吐かれたけれど、私にも誰にも特に変わった様子もなかったので、それはいつしか忘れ去られた過去となった。

ただ一人、お父様だけが少女を傷つけたことを気に病んで覚えていたけれど。

そしてあの夜。

私がロウェルを愛しているから結婚したいと言った時、お父様は望んだ相手と娘が結婚できる。あの時の暴言はただの暴言に過ぎなかったと、誰よりも喜んで私を抱き締めてキスしてくれた。

途端に、私の身体は縮まり、今と同じような小さな子供になってしまったのだ。

お父様はあれが真実の呪詛であったと絶望した。

「子供にすることで結婚ができなくなる、と？　残念ではあるが、唇にキスさえしなければ問題はないのでは？」

ロウェルの言葉に私は首を振った。

「あなたが最初に私にプロポーズしてくれた時の言葉を覚えている？　ボートの上で、あなたは言ったのよ『私を友人ではなく結婚の相手として見て欲しい。神や国民の前で誓いのキスをする相手として』って」

「……言ったな」

「王族の結婚は、神殿で衆人環視の中で行われるでしょう？　誓いのキスも、参列者の前で行われるわ」

「頬にすれば……」

「……誓いのキスは唇にするもので、それは神の前での婚姻の契約になるもの。ごまかすこともできないし、してはいけないことよ……。あなたが平民なら、結婚式を行わずに結婚することも可能でしょうけど……」

また涙が零れて、ナプキンの堅い布で顔をゴシゴシと拭う。

「赤くなるよ」

その手を、彼が止める。

二人の手の大きさの違いが、今の状態を物語っていた。

「みんなの前で子供になることはできないわ。ううん、呪われた娘が王家に嫁ぐこともできない。お母様はいつか呪いは解けるかもしれないから秘密にしておこうと……。私は、こんな呪いにあなたを巻き込みたくなかった……。だから距離を取って……」

「エリザ」

ロウェルはそっと私の髪を撫で、外れて引っ掛かっていた髪飾りを外した。

「一人で苦しませたな。すまない。だがこれからは私も一緒だ」

「だめよ、ロウェルは呪いになんか関わってはいけないわ。、そのために私は……！」

「君を失うことは耐えられない。エリザを手にするためなら何でもするさ。だがまずはこの状況を何とかしよう」

「この状況？」

「君をその姿のまま連れ出すことは難しい。侯爵夫妻は大広間だろう？　あそこへは連れて行けない。着替えも必要だし」

「ウィルベルが執務室に戻るって……」

「ウィルベルか、まずはそっちを呼んだ方がいいな。ちょっと待っておいで」

彼は立ち上がると隣室へ続く扉を開けた。

「エーリク、すぐにウィルベルを呼んできてくれ。内密にだ。エリザが体調を崩したからと言って。私は彼女を白檀の間に運ぶ」

「侍女を呼ばなくても？」

「それはいい。むしろ人払いをしておいてくれ。理由は後で話す」

「わかりました」

エーリクの姿は見えないまま、ロウェルは扉を閉じた。

「エリザ、別室へ運ぶ。寝台のある部屋だが、邪《よこしま》な真似はしないと誓おう、……今夜は。抱えて運ぶが、おとなしくしていてくれ」

「……はい」

ドレスがこれ以上落ちないようにしっかりと手で押さえると、彼は私を抱き上げた。

「顔は伏せていろ。私の側にいる限りエーリクには黙ってはいられない。後で話をすることになるが、いいか？」

「……はい」

そして少し離れた別室へと私を運び入れた。

来客の宿泊用の部屋らしく、先程の部屋より広いが部屋の隅にはベッドが置かれていた。

そこへ私を降ろすと、ブランケットを掛けてくれた。

「横になっているといい。万が一人に見られたら、中に潜り込んだ」

「待って、あなたの上着を返さないと」

「いや、今それは脱げないだろう」

「でも上着がないとロウェルが困らない？」

一度は横たわったものの、彼の上着を脱ごうと身体を起こして問答をしていると、ノックの音が響いた。

「エーリクです。ウィルベルを連れて来ました」

「入れ」

ロウェルの許可と共に部屋に入ってきた二人は、驚いた様子でベッドに駆け寄ってきた。

「何をやってるんです！　あなたは！」

「見損ないましたよ！　殿下！」

そしてロウェルに詰め寄った。

「いくら会えなかったからって、未婚の女性をベッドへ……、誰？」

ロウェルのシャツの胸倉を掴んだエーリクは、子供になった私を見て動きを止めた。

「姉に何をしようとしていたんです！」

そしてウィルベルは私とロウェルの間に身体を滑り込ませ、彼から庇うように私を抱き締めた。

「待て！　二人とも誤解だ！」

「誤解じゃないでしょう！　姉さんのその姿を見ればあなたが何をしたのか明白ですよ！」

「……いや、それはそうだが、そうじゃないんだ」

「エリザ嬢はどうしたんです、その少女は？」

ひと騒ぎあってから、ようやくロウェルが二人を落ち着かせ、ベッドの中に私、傍らにウィルベルが腰掛け、椅子を持ってきてベッドの側にロウェルとエーリクが座って話ができるようになった。

「……つまり、強引に襲ったわけではなく、慰めようとして偶然キスしてしまった、ということですか？」

私の肩を抱いたまま、ウィルベルがジロリとロウェルを睨んだ。

「そうよ。お父様の時も偶然だったでしょう？」

最初にお父様にキスされた時のことを見ているから、ウィルベルは不承不承納得してくれた。

「では本当に、その少女がエリザ嬢なんですね？」

「ああ、そうだ。私も驚いている」

エーリクはじっと私を見て、「エリザ嬢の顔ではありますね……」と呟いた。

この姿は八歳くらいで、彼と出会ったよりも前の姿だけれど、面差しは似ているだろう。

「取り敢えず、エーリクには後で詳しく説明してやるから、今は彼女がエリザであることだけを受け入れろ。ウィルベル、この姿の彼女を移動させるわけにはいかないから、今夜はここへ泊まらせる。一人にはさせられないから私が……」

「僕が付き添います。殿下は十歳の姉さんを好きになったんですから、子供の姿になっても危険です。それと、両親には言わない方がいいでしょう」

「子供には手を出さない」

「姉さんに会えなかった時のあなたを知っていますから、信用しかねます。何より、姉さんがあなたのキスを受け入れたと思えないのにこうなってるんですから。偶然とはいえ、未婚の女性の唇を奪った証拠はあるわけです。ヘタをすれば、父は二度と二人を会わせようと思わないでしょう」

「それは困る」

「僕は譲歩して、今回は目を瞑ると言ってるんです。ですから、今夜は僕に任せてください」

睨まれて、ロウェルは顔を歪めながらも頷いた。

「いいだろう。エーリク、取り敢えず侍女に言って、子供の寝間着を貰ってきてくれ」

「私がですか？」

「私がそんなものを取りに行けないだろう。このことは誰にも言えないのだから、侍女も呼べないんだ。誰かが動かなければ」

「……何と言って用意させればいいんです。ドレスなら汚したから着替えだと言えますが、寝間着ですよ？」

「それは……、適当に」

「は？　適当？」

エーリクには珍しく、ロウェルを睨みつける。私が見ていないところではこういうこともあったのかしら？　でも、確かに若い男性が突然女の子の寝間着が欲しいなんて言えないわよね。

「……あの、私が一筆書きましょうか？　私からのお願いということにすれば何とか」

「そうしてください。ペンと紙を持ってきましょう」

私が提案すると、エーリクは安堵したように頷き、すぐにペンと紙を持ってきた。

小さな手では文字は書きにくかったが、何とか『黙ってついてきてしまったある貴族の令嬢が寝てしまったので、連れ帰るために楽な寝間着を用意して欲しい』と書いて私の名前を署名した。

紙を受け取ったロウェルは文面を確かめてから、自身も並べて署名し、紙をエーリクに渡した。

「これでいいだろう。何か訊かれたら、自分は詳しく聞いていないと答えておけ。それと、エリザがここに宿泊するが、ウィルベルがいるから侍女はいらないとも伝えてくれ」

「……わかりました」

エーリクは紙を受け取りすぐに出て行った。

三人だけになると、ロウェルはまだ警戒を解いていないウィルベルに向き直った。

「あらかたの話は聞いた。私はエリザを諦めるつもりはない」

「……でしょうね」

「それで、お前はどうする？　私は絶対にその呪いとやらを解いてエリザを手に入れる。協力してくれるか？　それとも反対するか？」

ウィルベルは大きくため息を吐いた。

「協力しますよ。姉さんが殿下を望んでいる限り」

「ウィルベル……、でもロウェルにまで呪いが……」

彼に迷惑をかけたくないから離れたのは知っているでしょう、という顔で見ると、ウィルベルは笑って私の髪を撫でた。

「あの女の吐いた呪詛は姉さんに向けてだけだ。その相手には言及していないし、その後に生まれた僕にも呪いはかかっていない。側にいることで誰かが巻き添えになることはないと思う。もっと詳しく調べなければわからないが、今のところは大丈夫だよ」

「エリザ、私達が付いてる。必ずそんなバカげた呪いは解いてみせるから安心しろ」

「ロウェル……」

彼もまた手を伸ばして、私の小さな手を握ってくれた。

身体が子供になると、心まで子供になってしまうのかしら。彼の頼もしい言葉に、また涙が滲んできた。

「姉さんは、身体は子供になっても中身は成人した女性ですから、殿下は行動に気を付けてくださいね」

「手を握るくらいいいだろう。お前も、姉を子供扱いするのは失礼だろ」

「子供扱いじゃありません。未婚の姉を守るだけです」

何故か、二人は黙ったまま睨みあっていたが、ふっと視線がそれてロウェルが言った。

「エーリクが戻ったら、これからのことを話し合おう。侯爵夫妻は別として、このことは父上や母上には秘密だ。当然他の誰にもな」

ロウェルの言葉に、私達は静かに頷いた。

頷くしかなかった……。

エーリクが戻ってから、ロウェルとウィルベルが呪いのことについて説明し、これからは四人で対応しようということで纏まった。

万が一を考えて、城には子供に戻った時のドレスや、顔を隠すためのチュールレースも用意しようということになった。

今夜はもう遅いし、これからのことは次回話し合うことにした。

ウィルベルは一旦お父様達に私が具合が悪くなったので自分の権限で城に泊めて明日自分が送り届けると伝えに行ってから、続き間の隣室を開けてもらいそちらに泊まった。

翌朝は、元に戻ったことを確認してから侍女を呼んでもらい、支度を整えてから家に戻った。

両親は具合が悪くなったことを心配してくれたので、実は少しだけお酒を飲んでしまって気持ちが悪くなったのだと説明した。

ウィルベルが証言してくれたので疑われることもない。

部屋に戻ってデイドレスに着替えてゆっくりしていると、ようやく頭が働くようになってきた。

色々一気にあり過ぎて、ものを考える余裕もなかったのだ。

私の呪いのことがロウェルに知られてしまった。

それは別れを意味するはずだったのに、絶対に呪いを解くと、私を手放さないと言ってくれた喜びがひしひしと湧いてくる。

私……、ロウェルと離れなくてもいいのかもしれない。

もちろん、それは呪いが解けることが大前提だ。

でも、別れる道しかなかった今までと比べたら、遥かに希望のある道だ。

少なくとも、今しばらくは彼と会うことができる。話をすることもできるのだもの。

そしてそのチャンスは三日後に訪れた。

「殿下から姉さんに、マーブル伯爵夫人のお世話をお願いしたいと依頼がきたんだけど」

朝食の席で、ウィルベルがお母様に依頼の手紙を差し出した。

「マーブル伯爵夫人？　陛下の乳母だった？」

お母様は不思議そうな顔をした。

私もだ。

「そう。体調を崩したので、話し相手になって欲しいんだそうです」

「でもエリザは夫人とお会いしたことはないわよね？」

「ええ。お名前だけしか……」

ウィルベルはコホンと咳払いをした。

「ネタバラシをすると、殿下は姉さんがまた領地に帰ってしまうのが心配なんだよ。だから役割を与えて突然消えてしまわないようにしたいんだ」

「まあ……」

「建前としては、マーブル伯爵夫人は隠居してから人嫌いで引き籠もってしまっているから何とかしてあげたい。母上の世話をしていた姉さんなら安心して任せられるということらしい」

「あなた、建前だなんて」

お母様は呆れた、という顔をしてから私を見た。

「エリザはどうなの？　引き受ける？」

ちらりと見たウィルベルは、ウインクを送ってきた。

聞かされていなかったけれど、これはロウェルの計画なのね。

「そうね。パーティにはあまり出席したくないから引き受けてもいいわ。もう暫く王都にいるつもりだし……」

「王都に……、殿下の側にいてもいいの？」

泣き暮らしていた私を知っているから、お母様は気遣うように訊いた。

「ええ。もう少し色々考えてみたいから」

「あなたがいいのなら私はいいけれど。あなたもそれでよろしい？」

お母様に尋ねられ、お父様も頷いた。

「そうだな。引き籠もってばかりよりはいいんじゃないか？　マーブル夫人のところならば安心だろうし」

「夫人のところまでは僕が送って行くよ。もし了承してくれるなら、今日にでも顔合わせをと殿下に頼まれているから」

ということで、私はマーブル伯爵夫人のコンパニオンとして通うことになった。

身支度を整え、ウィルベルと共に馬車で向かったのは、こじんまりした双子のように同じ造りが二棟並ぶ館だった。

馬車が到着すると、老執事が丁寧な態度で私達を迎え、中へ招いてくれる。

応接室には、館の主らしい白髪の老婦人と、ロウェルとエーリクが待っていた。

「初めまして、エリザ様」

「初めてお目にかかります。マーブル伯爵婦人でいらっしゃいますね？」

「ええ。殿下の我が儘に付き合わされる哀れな老女ですわ」

小柄な老婦人はそう言って笑った。

「人聞きが悪いぞ」

拗ねた口調で異議を唱えたロウェルは、その場で説明を始めた。

ここは夫を亡くして隠居したマーブル伯爵夫人と、同じく夫を亡くして隠居した彼女の姉であるエルソン伯爵夫人が住んでいる館だった。

今私達がいるのはマーブル夫人が住んでいる白鳥荘、隣が彼女の姉が住んでいたツバメ荘。住んでいたと過去形になるのは、先年お姉様が亡くなられたからだ。

以来、ロウェルがお忍びで街へ出る時に、着替えや馬車替えなどで使わせてもらっているらしい。

今回も、どうしても人に知られず調べなければならないことができたので、夫人に頼んで使わせてもらうことになったのだ、と。

「若いお嬢さんを呼ぶことになるとは聞いておりませんでしたが」

「彼女はそこにいるオンブルー侯爵子息の姉君だ。そして私の婚約者となる女性でもある」

「殿下！」

突然の紹介に慌てていると、ロウェルは悠然と微笑んだ。

「問題が解決したら、そうなるだろう？」

「それは……、解決したら……」

したい。

そうなりたい。

「では、殿下はそちらのお嬢さんと婚約するための障害を片付けるために動かれる、ということですか？」

「そうだ。父上達も彼女との婚約には同意している。だが問題のことは父上達には話していない。知られる前に片付けてしまいたいのだ」

マーブル夫人は私達四人を探るように見た。

「……よろしいでしょう。いかがわしい遊びに使われるのでしたらお断りするところですが、殿下のお心が決まってのことでしたら協力いたします」

「ありがとう、マーブル夫人。もしかしたら、彼女をここへ泊めることもあるかもしれない。その時にも協力をしてもらいたい」

「殿下？」

夫人の片眉がピッと上がる。

見た目は穏やかな老夫人と思ったが、お若い頃はかなり厳しい乳母だったようだ。

「その時は弟のウィルベルが世話をする。ウィルベルもそれでいいな？」

「僕は構いませんが、そのようなことがないように願いたいですね」

「いや、いくつか試したいことがあるから、可能性はある。私でだめなら、侯爵に頼んでもいい」

「父に？　何をです？」

「戻るまでの時間を知りたい」

「……それは父に頼みましょう」

「待って、それはもうわかってるわ。後で説明します」

私達の会話を聞いて、夫人は事情があることだと納得してくれたようだった。恐らく、『父』という言葉が出たせいだろう。

「呼ばれるまであちらには伺いませんが、用があるようでしたらいつでもお呼びください」

「ありがとう。では移動しよう」

夫人の言葉に、四人で立ち上がる。

隣の館へは、一度外に出てから向かう。

エーリクが玄関の扉を開けてくれたので、中に足を踏み入れると、人の気配のない館はひっそりとしていた。

対になっている館は、造りこそそっくりそのままだが、調度品の違いが雰囲気を変えていた。

掃除は行き届いていたが、使用できるのは一階の応接室と厨房、二階の客室が二部屋だけとのことだった。

「普段は食事と着替えぐらいしか使わないからな。他の部屋も使えないことはないが、家具には埃除けの布がかかっている」

取り敢えず応接室へ向かい、四人で腰を下ろした。

ロウェルとエーリクが並んで座り、その向かいに私とウィルベルという配置だ。

「まず侯爵家でどこまで呪いのことを調べたのか教えて欲しい」

ロウェルの問いには自分が答えるというように、ウィルベルが私の手を軽く叩いた。

「呪いをかけた女性は、隣国サルマの子爵令嬢です。名前はアレキサンドラ・レミュール。僕は彼女に会うためにサルマに留学したんです」

「ウィルベルの留学の理由はこれだったのか」

「はい。本人に会って、解呪の方法を知ろうとしたのですが、アレキサンドラは既に子爵家を出された後でした」

「子爵家を出された？」

「隣国の侯爵、しかも外交官の息子夫婦にケンカを売ったわけですからね。罪に問われては大変とばかりに、父親は慌てて娘を連れ帰り、家から追い出したようです」

「その後の足取りは？」

　ウィルベルは首を振った。

「社交界でそれとなく聞き回ったのですが、誰もアレキサンドラのことは知りませんでした。外的には病気療養のために田舎へ引っ込んだということになっていて、皆それを信じていました。ちなみに、子爵領にも足を運びましたが、そこにも該当するような女性はいませんでした」

　一年かけて、ウィルベルはそれを調べてくれていたのかと思うと胸が詰まる。

「神殿に相談は？」

　エーリクの言葉にも、ウィルベルは首を振った。

「呪いとわかってすぐに父が相談に行ったそうですが、司教に我が国には呪いというものはないと笑われたそうです」

「私も、領地で神父様に訊いてみました。呪いというものは特別な力のある者か、特別な道具を用いてしかなされないものだから、暴言を向けられたからといって心配しなくてもよいと……」

私も言葉を重ねる。

結婚するつもりで訪れた貴族の娘が呪いの道具を持ってきたとは考えられないから、特別な道具というのも考えられないだろう。

「確かに、我が国では呪いという事象が起こったという正式な記録はありません。せいぜいが民間の伝承に残るくらいです」

「民間か……」

エーリクが言うと、ロウェルが考え込むように呟いた。

「市井に呪詛《じゅそ》師というのがいなかったか？」

「占い師のようなものですね。実際の呪詛が行われているのかどうかはわかりません。恐らく愚痴のはけ口のようなものでしょう」

「だが噂の中に真実があることもある。それに呪い自体を行使できなくても何か知っているかもしれない。ウィルベル、それは訪ねたのか？」

「民間の呪詛師ですか？　いいえ、聞いたことがありません」

「侯爵が試したことがないことから当たっていったほうがいいだろう。エーリク、調べてくれ。ウィルベルは城に戻って仕事だ。丁度近々サルマの王子が親善のために来訪する。彼にサルマでの呪いのことを尋ねてみよう」

「ロッサ様ですか？」

「知ってるのか？」

「留学中に何度か。呪いや魔法に興味があるという話をしました」

「そうか。では来訪時にはお前に相手をさせよう」

「それで？　殿下は？」

「もう少しエリザに尋ねたいことがあるから残る。一人で置いていくわけにもいかないしな」

「……時間を試すのはもうやったそうですから、なさらないでくださいね」

先日の一件以来、ロウェルはウィルベルの信頼を失ったようだ。あれは偶然だと言ったのに。

……キスの前のことは秘密にしておかないと。あの時の言動を知られたら、絶対二人きりにはさせてもらえなくなるだろう。

「ここに訪れた初日にエリザを帰せなくなるようなことはしない。意図的には。ただ偶然とアクシデントというものはあるぞ」

「姉に自衛のための鉄扇を持たせたい気分です」

「まあまあ、ウィルベル。そこまで理性を失ったら私が模擬剣で一撃をくれてやるから安心しろ」

エーリクはロウェルを信用していないのか、ウィルベルを慰めてるのかわからないわね。

「そんなに心配なら、昼の休憩時にまた来ればいい。馬でなら時間もかからないだろう」

「そうさせていただきます。お二人の食事は？」

「マーブル夫人に用意してもらうように頼んでおこう。二人とも来るなら四人分だ。エーリク、出る前に言っていってくれ」

てきぱきと指示を出し、ロウェルは早々に二人を送り出した。

ウィルベルは不満そうだったけれど、仕事では文句も言えない。

私も玄関先まで二人を見送った。

二人がいなくなると、ひっそりとした館がより一層静かになる。

「エリザ、二階の客室へ行こう」

「客室ですか?」

「思いついたことを書き留めておきたい。書き物机が客室にしかないんだ。二人きりで個室に留まるのが不安なら、筆記用具を持って応接室へ戻るが?」

「いいえ、大丈夫です。……ただ二人きりになるのは久し振りだと」

「誘惑するな。私は理性を鋼のごとく強靭にしなくてはならなくなる」

「誘惑だなんて」

頬を染めると、ロウェルは手を差し出した。

「手は握っても大丈夫なのだろう?」

「……はい」

差し出された手を取って、二階へと上がる。

階段を上がってすぐの部屋とその隣が、彼等がいつも使っている部屋らしい。

ロウェルは階段から離れた方の部屋を使っているのだろう、そちらに私を案内したが、扉は開けたままにしておいてくれた。

ベッドと小さなテーブルと椅子、それに書き物机が置かれた落ち着いた部屋だ。

「長椅子がないので、ベッドに座ろう」

さっき『誘惑』なんて言葉を聞いてしまったから、ただ並んで座るだけなのにドキドキする。

「いくつか試したいことがある。純粋に確かめたいだけだから許してもらえるか？」

「時間のことなら既に……」

「それ以外のことだ。だが時間についても聞いておこう。どのくらいで戻るものなんだ？」

「一晩です。時間的には半日以上は経たないとだめですが、半日過ぎて眠ると、起きた時には戻っていました」

「眠らないと？」

「そんなに起きていられないので正確にはわかりませんが、一日起きていた時は眠るまでそのままでした」

「睡眠か。にしても、結婚させないことがキスさせないこととか子供に戻すとか、呪いと言っても最悪でなくてよかった」

「恐らくですが、アレキサンドラさんの実際の年齢はわかりませんが心はまだ少女だったのではないでしょうか？　憎んでも、命を取るまでの酷いことは考えられなかったのではと」

「かもしれないな。一度会って優しい言葉をかけられただけで結婚すると思い込むのだから」

「父は、ずっと私に簡単に婚約を受けるような言葉を言ってはいけない、殿方に誤解されるような言葉を口にしないようにと言っていました。きっと、後悔していたのでしょう」

子供の頃からずっと、それは言われていた。

お父様は一人の少女を誤解させた自分を反省していたのだろう。

「試したいのは唇へのキス以外で呪いが発動するかどうか、だ」

彼は私の手をもう一度取った。

「手を握るのは平気だな？」

それから指を絡めるように握る。いつもと違う握り方にドキリとする。

「これも平気なようだな」

「は……、はい」

「ではこれは？」

握った手を口元に運び、私の手の甲にキスをする。

「だ……、大丈夫です」

いやだわ、どんどん顔が熱くなってきてしまう。

「先日、抱き締めても変化が起きなかったな」

言いながら手を離し、今度は私を軽く抱き締めた。

「ロ……、ロウェル！」

更に強く、しっかりと抱き締められる。

自分の心臓の音が、彼に聞こえてしまうのではないかと思うほど激しく鳴っていた。

「耳へのキスも平気だったね？」

抱き締められたまま、耳にキスされる。焦って言葉を失っている間に、彼の舌が耳を舐めた。

「ひゃっ！」

「これも平気だな」

「ロウェル！」

「額や頬は？」

「もうだめ！　私の心臓がもたないわ！」

「だが確認しておかないと。言っておくが下心は少ししかない」

「少しはあるのね……」

「あるさ。好きと言われてから二年も待たされたんだ。本当なら二年前に私達の婚約は整ってるはずだった。婚約者になれば、君を抱き締めるのもキスするのも自由だった」

……そうかしら？　結婚するまでは我慢じゃないの？

「今だって、君に触れたい。だがそれができないなら、どこまでならば大丈夫なのか確認しておかないと、私の理性が崩壊した時の対処に困る」

「困るんですか？」

「とても困る」

真顔で言われてしまった……。

「じ……、じゃあ、頬と額へのキスまでですよ？」

「……わかった。今日のところはそこまでにしよう」

今日のところは、って。

零れた前髪を手で上げられ、彼の唇が額に触れる。

柔らかな感触はくすぐったかったけれど、その唇が頬に移った時には全身が硬直した。

お父様やお母様にされるキスとは違うのだもの。

しかも彼は頬からまた耳へ向かって唇を滑らせ、うなじにもキスした。

「ロウェル！」

語気を荒くして注意すると、彼はパッと離れた。

「そうだな、ここまでにしよう。これ以上はこっちがもたない」

私を置いて立ち上がり、彼は書き物机の方へ向かい、そちらに腰を下ろした。

距離ができてほっとしたけれど、ドキドキはまだ収まらない。

「では、これからできそうなことを書き出していこう」

なのに、ロウェルはもう今したことなどなかったかのように平然としていた。『王子様』の仮面を付けたかのように。

神殿では一笑に付された。

教会でもあり得ないと言われた。

我が国では呪いは認められてはいない。

ロウェル自らが王室の書庫を引っ繰り返して呪いについて調べたが、幾つか残っていた事例は、大昔のものか、大掛かりな儀式を経て行われるものだった。

エーリクが調査してくれた民間の呪詛師は、大抵がおまじない的なもので、効力は保証しないと言われたそうだ。

彼が言うには、信用できないものだとのことだった。

件《くだん》の子爵令嬢の行方は、他国のことな上、彼女が家を出されたのが昔のことなのでわからず終い。

恐らく子爵家が家の恥とばかりに箝口令を敷いているのだろう。

呪いを何とかしようと動き出したはいいけれど、結局は八方塞がりのまま変化はない。

私はその間、毎日のようにマーブル伯爵夫人の元へ通った。

とはいえ、毎回ロウェルに会えるわけではない。むしろ、会えない日の方が多かった。彼は王太子としての仕事で忙しかったから。純粋に、夫人の相手をするために通ったのだ。

夫人は少し気難しい人だったけれど、とても理性的で、頭のよい方だった。

私達が何か重大な問題を抱えていると察していても、詳しく尋ねることをせず、せっかくだからと、私に王妃教育を教えてあげるとまで言ってくれた。

ただ、呪いのことがわかってから、することもなく勉強に勤しんでいたお陰か、あまり教えることはないと褒められたけれど。

一度、お母様がご挨拶と様子伺いに夫人を訪れたこともあった。

お母様と夫人は顔見知りのようで、夫人が私を気に入ったから、住み込みでもいいくらいだわと言ってくれたのは、ロウェルがここに泊まらせることがあるかも知れないと言っていたからだろう。

私としては、まるでお祖母《ばあ》様のようで、それでもいいなと思ったのだけれど。

私が通っている先が、ちゃんとマーブル伯爵夫人の家だとわかったからか、来訪以来お母様がそのことについて尋ねることはなくなった。

何かしなくては。

どうにかしなくては。

私はロウェルと共にありたい。

そのための努力をしたい。

たとえ結果が思ったようにならなかったとしても、一度取ってしまった彼の手を再び離さなくてはならなくなったとしても、後で『こうすればよかった』という後悔だけはしたくない。

焦燥感を募らせながら日々を送っていると、ある日ロウェル達が揃ってツバメ荘に訪れた。


「魔女？」

いつもと同じ座りで応接室に集まり、私の淹れたお茶を三人に差し出す。

だが三人ともお茶には目もくれなかった。

「サルマから移住してきた魔女の血筋という女性が郊外に住んでいるそうだ。薬草を扱う老女で、評判は悪くないそうだ」

エーリクとロウェルが街の呪詛師を当たっていたところ、一人の老人がこの国の呪詛師など気休めだと鼻で笑った。

本当に呪いを行うなら、サルマの魔女に頼るべきだ、と。

「我が国では薬師と呼ばれている者をサルマでは魔女と呼ぶらしい」

「どうして？」

「我が国の薬師は薬草を取り扱うのが主で、たまに護符などを作る。だがサルマでは逆に呪《まじな》いを行いながら薬草を扱う、ということらしいな。ウィルベルは聞いたことはないか？」

「貴族の間ではそのような話は出ませんでした。僕が異国の者だからというのもあるでしょうが、貴族は忌避している話なのかも」

「……かもしれないな」

「それで、その女性は何と？」

私が尋ねると、答えを促すようにロウェルがエーリクを見た。

「まだ会っていません。ですが老人が言うには、呪われた者自身を見なければ呪いのことはわからないだろうとのことです」

「姉さんに、魔女に会いに行けと言うんですか？　そんな得体の知れない女に？」

ウィルベルの言葉に二人も黙って膝の上で手を組んだ。

会いに行っても、いい結果が出るとは限らない。

それどころか、得体の知れない魔女という者に会って、更に悪い結果になるかもしれない。なのに会いに行けとは言い難いのだろう。

「私……、行くわ」

「姉さん！」

「……エリザ」

「他に何もないもの。初めて可能性のあることを見つけたのなら、試してみたい。それに、評判は悪くないのでしょう？」

「私も行こう」

「殿下！」

「殿下が行かれるくらいなら、僕が行きます」

エーリクとウィルベルはすぐに反対の声を上げた。

「立場というものを考えてください。あなたは王太子なのですよ？　私かウィルベルが同行すべきです」

「危険なわけではない。野盗の群れに突っ込むわけでもないだろう。これは私とエリザの問題だ。私が行かなくてどうする」

「あなたまで呪われたらどうするんです」

エーリクの言葉に、ロウェルは静かに息を吐いてから険しい顔をした。

「私は今まで、王太子としての立場を考え、務めを果たしてきたと思う。我欲を通したこともない。ただ一つ望むのは、これから先の人生を共に歩む相手を自分で選びたいということだけだ。王とは孤独なものだ。その傍らに寄り添う者は一人しかいない。このたった一つの我が儘を通させてはくれないだろうか」

静かな声だった。

命令ではなかった。

だからこそ、二人は従うしかなかった。

王となるべき者の懇願だったから。

「……わかりました。準備はこちらでします。事前にルートなど調べて、安全を確認してからならば目を瞑りましょう」

「遠いのでしたら、姉さんはこちらに泊まることにして両親に話を通しておきましょう」

ロウェルに愛された時、私は幸福だと思った。

けれどそれだけではないのだわ。

ロウェルを支えて、私達を認めてくれる二人がいるからこそ、私はその幸福を感じることができるのだと実感した。

「東の、セディ村というところですから、馬でならば二、三時間ほどです。ですが、エリザ嬢が同行するなら馬車になるでしょう」

「半日ぐらいでしょうか？　ロッサ殿下の来訪の日程を考えると早い方がいいですね」

送り出す、と決めると二人は早かった。

ルートを検討し、ロウェルの予定を確認し、三日後を目標に調整することにして一旦解散した。

去る前に、ロウェルは私の手を握った。

「私は我が儘だな」

彼は理解している。国のためにあるべき者は、自由に伴侶を選べないものなのだと。

王は孤独。誰にも助けを求められない。助言を得ることはできても、苦しさや悲しみを吐露する相手は作れない。

個を見せてはいけない、常に公でなければならない。それを子供の時から知っていたから、そういう目を向けなかった私を望んでくれたのだ。

「……私もです」

驚いたように見下ろされて、微笑んだ。

「もう、諦められない。あなたを自由にしてあげるべきなのに、最後まで足掻きたい」

あなたの側で、王ではないあなたと手を繋いでいたい。

「……そうか。では一緒に最後まで行こう」

返してくれた微笑みは、とても優しいものだった。

私の気持ちが伝わったかのように。

「答えが出るといいな」

そして館を出る前に、エーリク達の目を盗んでそっと額に唇を落としてくれた。

安心させるかのように。

三日後、私はウィルベルと共にマーブル伯爵夫人の館へ向かった。

待ち合わせをしていたロウェルが、遠出をするので戻るのが遅くなるから、今夜はこちらへ泊まることにして欲しいと頼むと、夫人は事細かく説明を求めた。

セディ村という場所に住む者に会いにいかなければならないので、時間がかかるだけで、外泊するつもりがないからここへ戻ってくると言うと、不承不承認めてくれた。

ここで、私もロウェルも質素な服に着替え、カツラを被《かぶ》って、一頭引きの小さな馬車に乗り込んだ。

何と御者はロウェルだ。

「秘密の行動だからね。これでも御者の腕前はまあまあだよ。箱が小さいから乗り心地は悪いだろうが、我慢してくれ」

「窓から外を眺めてもいい？」

「構わないが、顔を出してはいけないよ。誰かに見初められるかもしれないからね」

エーリクとウィルベルに見送られ、出発する。

小さな馬車は我が家のものと比べるとガタガタと揺れて乗り心地は悪いし、一人だけの時間は少し寂しかったが、窓からの景色を楽しむことができた。

御者台からロウェルも声をかけてくれたし、途中の村で休憩する時には二人でお茶をすることもできた。

人目を気にすることがないからか、彼が積極的過ぎて戸惑ったけど。

「そういえば、昔お忍びに連れて行ってあげると約束したな」

「覚えてるわ。とても楽しみにしていたの」

「私もだ。ほら、こっちのケーキも美味しいよ、口を開けてごらん」

「え？」

「いつもお茶をしてる時、君があまりに美味しそうに菓子を食べるから、一度その口に運んであげたいと思ってたんだ。あーん」

人目に付かないように隅の席を選んで座ったのは、もしかしてこういうことだったのかも。

口元へ運ばれるフォークに躊躇《ためら》っていると唇の先にケーキが押し当てられたので、仕方なく口を開く。ドライフルーツの入った素朴なケーキは、少しだけお酒の香りがして美味しかった。

「護衛や監視がいないっていいね」

してやったりの顔で笑うと、彼は雛鳥のように自分も口を開けた。

これは……、私にもしろということ？

辺りを見回して、誰も見ていないことを確かめてから、自分のクリームの付いたケーキをそっと彼の口へ運ぶ。

口の中へフォークを入れる前に、彼の方からパクリと噛み付いた。

「夢が一つ叶ったな」

「……こんなのが夢だったの？」

「結婚しても、王太子と王太子妃じゃ、こんなことはできないだろう？　他にも、手を繋いで買い物をしたり、君を抱き上げて歩いたり、色々してみたいことはあるんだ」

「手を繋ぐのはいいけれど、抱き上げるのはだめよ。恥ずかし過ぎるわ」

「それは私室でこっそりできるだろうから、いつかを待つよ」

ロウェルは思っていたよりも積極的……、いえ、甘いのかもしれない。

お茶を終えて再び馬車に乗り、セディ村へ到着したのは昼を過ぎた頃だった。

まずは腹ごしらえだと食堂で遅い昼食を摂る。

お茶の時とは違い、彼にも私にも、もう浮わついた気持ちはなかった。

いよいよ魔女に会うとあって、お互い緊張していたのだろう。

食堂に頼んで馬車を預かってもらい、エーリクが調べてきた地図に従って少し寂れた街を歩く。

目的の場所は村外れにある、小さな家だった。

軒先に下がる木彫りの看板はツタの模様で飾られた『薬屋』とある。

見つめ合って、頷き合って、ロウェルがドアをノックしてから扉を開けた。

薬草の匂いに満ちた店は薄暗く、壁いっぱいに薬棚があり、奥にはカウンターがあった。カウンターの手前には椅子が置かれ、その向こう側に老女が座っている。

「いらっしゃい」

老女の声は、思っていたよりも明るく穏やかだったので少しほっとする。

「今日はどうしたんだい？　……お貴族様のようだけど」

ロウェルは私を椅子に座らせ、自分は隣に立ってカウンターに身を乗り出した。

「率直に訊こう。あなたは魔女と呼ばれる方で間違いないだろうか？」

彼が問うと、老女は顔を顰めた。

「私は薬屋だよ」

「咎めに来たわけではない。あなたが魔女であるなら、頼みがあるんだ」

「頼み？」

「呪いについて知りたい」

彼女はからかうように笑った。

「呪いなんてありゃしないよ。人を呪ったっていいことなんかありゃしない」

「呪いたいんじゃない。呪いを解いてもらいたいんだ」

彼女の顔から笑いが消える。

「その方法があるかどうか、知りたいんだ。魔女と呼ばれる者は呪いを扱うと聞いたので。この通りだ、頼む」

彼は老女に向かって頭を下げた。

王族が頭を下げることがどれほど希有なことかは知らなくても、貴族であろう彼が真摯に頭を下げることには驚いた様子だった。

「……扉に鍵を掛けておいで。話くらいは聞いてあげよう」

ロウェルが入口に戻って掛け金をかけて戻ってくる。椅子は一つしかないので、彼は私の肩に手を置いて横に立った。

話を聞くということは、彼女は何かわかるのだろうか？

微かな希望が胸に灯る。

「それで？　どんな呪いだ？」

私が口を開こうとすると、彼が肩にあった手に力を入れて押しとどめ、代わって話し始めた。

「サルマの女性が、人に向かって呪いの言葉を吐いた。その時には何も起こらなかったが、十年以上経って呪いは発動した。いや、呪い自体はかかっていたのかもしれないが、それが顕現したというべきかもしれない」

「あんたが掛けられたのかい？」

彼が言い淀む。

「私です」

だから自分で口を開いた。

「お嬢さんが？」

「はい」

緊張で、手に汗が滲んだ。

彼女は私をじっと見つめた後、「ちょっと待っておいで」と言って置くに引っ込んだ。すぐに戻ってきたその手に、水晶のような珠がある。

「これに手をかざしてごらん」

「危険はないんだろうな？」

私が手を差し出す前に、ロウェルが訊いた。

真剣な彼の態度に、彼女の口元が綻ぶ。

「呪いか気のせいかを確かめるだけだよ。危険なことはない。あんたは余程そのお嬢さんが大切なんだね。私みたいな者にまで縋ろうってくらい」

「恋人だ」

「そうかい。それじゃ気合いを入れてあげよう」

もう一度彼女に促されて、手のひらほどの珠に手をかざす。

透明な珠の中心からもやもやとした黒いものが湧き、中で揺らめいた。

固唾を呑んで見守っているとその靄《もや》は少し赤みを帯びてから凝縮し、その形で留まった。

「もういいよ、手を離しな」

私が手を引くと、珠の中の靄も消える。

「それで？　何かわかったのか？」

前のめりに尋ねるロウェルに、彼女は深いため息を吐いた。

「残念ながら、気の迷いじゃない。呪いだね」

「それはわかっている。我々は解く方法が知りたいんだ。頼む、教えてくれ」

「頼まれても、私にゃ解けないよ」

その一言を聞いた瞬間、落胆の闇が私を包んだ。

肩にある彼の手も、痛いほど強く握られる。

「だが方法はわかる」

「え！」

「期待しなさんな。わかるのは方法だけだ。できるかどうかはわからない」

「それでもいい。どうかその方法を教えてくれ。礼なら幾らでも出す！」

「お願いします！」

「二人とも、落ち着きな。教えないとは言ってないだろ。わかってることだけ説明してあげよう。これは言葉による呪詛で、起因は嫉妬。呪いを掛けたのは魔女だね」

「……貴族の令嬢だと聞いているが」

「地位なんか関係ないさ。ちゃんとした呪いになってるから、その女には魔女の血が流れてるんだ。で、きちんとした魔法陣を使って行われたものじゃない。呪いの形がふらふらしてるからね」

「この靄のことですか？」

「そうだよ。ちゃんとした手法で行われたものなら、形がしっかりして魔法の手順が読み取れる。でもこれは真ん中の赤、嫉妬の心を核にしちゃいるが形は不定形だ。多分媒体は使われてるだろう」

「媒体？　突然発した言葉のはずだ」

「だとしたら、身につけていた宝石か何かだね。宝石には魔力が宿りやすい。その女が呪詛を発した時、たまたま女に魔女の血が流れていて、たまたま宝石を身につけていたから、それを媒体に呪いが発動したんだろう」

　宝石をもっていたとは聞いていないけれど、貴族の令嬢ならば宝石の付いたアクセサリーの一つや二つ身につけていてもおかしくはない。

「で、解呪の方法は二つ。一つは本人が嫉妬を消して呪いを解くと言葉にすること。もう一つは媒体となった宝石を壊すこと、だ」

「どちらも本人を見つけなければかなわないということか。あなたには本当にできないのか？　そこまですぐにわかったなら、何か……」

「わかったのは、この珠のお陰だ。私の力じゃない」

「この国には他に魔女はいないのか？」

「この国にゃ魔女はいない。大昔にはいたんだろうが、魔女と名乗ることを許されなかった。大抵は私みたいに薬屋か占い師になった。呪い《まじな》を扱える者は聖職者として扱われたか、忌むべき存在として処罰されたって聞いてる」

「サルマは違うのか？」

「もう大分少なくなっちまっただろうが、人里から離れたところにいると聞いたことはあるね」

「その人達ならば解呪できるか？」

「どうかねぇ、力のある魔女が残っていたとしても他人のかけた呪いを解くことはできないんじゃないかねえ」

身体が震えた。

血が、引いてゆく音がした。

仕組みや理由がわかっても、この呪いを解く方法はないのだ。

力のある魔女でも無理。本人を捜さなければならいが、この二年間ウィルベルや両親が捜しても見つからなかったのに、今更見つかるとは思えない。

これで……、終わりなのだ。

「突然の来訪にもかかわらず、丁寧に対応していただき、ありがとうございました」

立ち上がり、深々と頭を下げる。

もってきた金貨の入った袋をカウンターの上に置く。

「これはお礼です。私達がここにきたことについて誰にも話さないで欲しいので、その口止め料も含んでいます」

老女はすぐに袋を取り、中を確かめて目を丸くした。

「こりゃ貰い過ぎだよ」

「そうおっしゃってくださる方なら、信用してお支払いができます。ここには誰も呪《のろ》いについて訊きにこなかった。私達のような容姿の人間も、来なかった。それでよろしいですね？」

「……それはいいけど、あんた大丈夫かい？　顔が蠟みたいに白いよ」

「大丈夫です。お気遣いありがとうございます。行きましょう」

名前は呼ばず、まだ肩にある彼の手に手を重ねた。

「お待ち。大した役にゃたたないだろうけど、タリスマンをあげよう。持っておいき」

老女は奥に引っ込み、すぐに石を繋いだブレスレットを持ってきて私に渡した。

「どんな呪いかわからないけど、気を強く持つんだよ。支えになってくれる人もいるんだ。きっと何とかなるよ。あんた達のことは忘れる。あんた達も私が魔女だなんてことは忘れておくれ」

「約束します。では……」

結果を聞いてから、ロウェルは口を開かなかった。

扉の掛け金を外し、外へ出たのも私が先だった。

振り返らず、馬車を預けた食堂へ向かってずんずんと歩く。

「エリザ」

「早く帰りましょう。もうここにいる理由はないもの」

それが、馬車に乗り込むまでの最後の会話だった。

やっと見つけたたった一つの手掛かりだった。

けれどそれも潰《つい》えてしまった。

この呪いは解けることはない。

ロウェルの愛情を疑うことはない。彼は私が呪われていても、きっと愛してくれるだろう。

でも私は正式な彼の妻にはなれない。

国民の前で結婚式を執り行えなければ、彼の隣には立てない。

ロウェルは王太子。やがて王になる人。王が未婚ではいられない。

彼は、必ず誰かと結婚する。

跡継ぎも必要とされるから、その女性を抱くだろう。その女性が、彼の子供を産むだろう。いつも彼の隣にはその人が立つのだ。

彼の側に私の居場所はない。

側妃？　秘密の愛人？

そんなものにもなれるわけがない。彼が望んでもなりたくない。

他の女性を妻とした彼を見ることも辛いし、王妃となる女性やそのお子さんを苦しめることもしたくない。

いつか、その女性を憎むかもしれない自分も見たくない。

途中、ロウェルが休憩を取ろうというのも断り、とにかく真っすぐに王都へ戻った。

彼が御者台にいて、会話をしないで済んでよかった。

ツバメ荘に到着した頃には陽は暮れて真っ暗になっていた。

空腹は感じなかったけれど、何か食べた方がいいからとマーブル夫人の館から食事をもらってきてくれた。

メイドが一緒に来て応接室に食事を整えてくれた時、あまりにも顔色が悪かったのだろう、私の様子を気遣ってくれた。

「お具合が悪いのですか?」

「馬車に酔ってしまったの。小さい馬車だったから」

と笑うと、納得してくれたようだった。

「普段はあのような馬車には乗られませんものね。後で冷たいお飲み物をお持ちしましょうか?」

「いいえ、いいわ。殿下もすぐにお城へ戻られるでしょうし。今夜はこちらでゆっくり休ませていただきます。帰る前にご挨拶に伺うとお伝えください」

「かしこまりました」

メイドが去っても、私は食事に手が伸びなかった。

「エリザ、何か食べなさい」

「お腹が空いてないの」

「無理にでも、少しでもいいから食べるんだ。身体も疲れているだろう」

「……はい」

言われて、パンとスープを少しだけ口に運んだけれど、味はわからなかった。

彼は出されたものを全て平らげていた。味わうというより流し込むような食べ方に、きっとどんな時でも食事を疎《おろそ》かにしないように教育されているのだと察した。

だって彼は王太子だもの。

その言葉がとても苦しい。

食事が終わると、時間を見てメイドが食器を下げに来た。

「私も戻る。侯爵邸に戻るなら私の馬車で送るが？」

「いいえ。今夜はここに泊まらせていただきます。……疲れて、もう動きたくないの」

「そうか……。明日また来る」

「お仕事、忙しいでしょう？　無理をしないで」

「無理をしているのは……、いや、何でもない」

メイドは、私のためにお茶を用意してくれた。彼女が立ち去るのに合わせて私も立ち上がりロウェルを玄関まで見送った。

「おやすみなさい」

彼の腕が伸びて私を引き寄せようとしたけれど、メイドがいたから途中で止まり、拳を握って引っ込められた。

「おやすみ、ゆっくり休むといい」

そしてメイドと一緒に出て行った。

メイドはお茶の用意をしてくれていたので、長椅子に座ってミルクと砂糖をたっぷりと入れたお茶を飲んだ。

悲しいという気持ちが湧き上がる前に涙が零れる。

だめなのはわかっていた。一度は諦めていた。けれど、もしかしたら解決するかも、という希望があっただけにより深い奈落へ落ちてゆく。

床が、モザイクのようにヒビ割れて、崩れて、私を呑み込む。

五感の全てが失われ、時間感覚さえ消失して暗闇の中へ落下してゆく。

呪いがある限り結ばれないのなら、彼の側にはいられない。彼の側には別の人が現れる。ただそれだけのことだと言い聞かせるには辛すぎた。

「……私、どうやってロウェルに別れを切り出せばいいのかしら」

ポツリと漏らした途端、背後から誰かが私を抱き締めた。

「そんなこと、させるわけがないだろう！」

振り向くと、さっき帰ったはずのロウェルがそこにいた。

「……どうしてここに？」

「そんな顔の君を一人にしておけるわけがない。心配して戻ってみれば、思った通りだ」

驚いている間に、彼は椅子の前に回ると有無を言わさず私を横抱きに抱き上げた。

「きゃっ」

そのまま、応接室を出て階段を上り、彼の使っている客室へと運ぶ。

下ろされたのは、ベッドの上だった。

「ロウェル」

下ろされてすぐに座り直した私の前に彼も座る。

「今回は呪いは解けなかった。だが飽くまでも『今回は』だ。解呪の方法は難しいかも知れないが、見つけることはできた。何もわからなかった頃よりは一歩前進だ」

「でも……」

そんなに簡単なことじゃないわ。あの魔女の女性だって、解くことはできなかったと言ったのに。

私の不安を読み取って彼が睨むような目をした。

「このまま進むんだ。唇にキスができないことぐらい大したことじゃない」

彼が私に覆いかぶさるように近づき顔を寄せ、唇が額に触れる。

「それ以外のことはいくらだってできる」

頬にも。

顎のラインをなぞって首筋にも。

唇を避け、それ以外の場所に次々とキスを降らせる。

「ロウェル……、だめ……」

「だめじゃない。君は私の妻になるんだ」

「だって私は……」

「私が何とかする。キス一つで君を失うなんて耐えられない」

彼の手が、ドレスの襟元に触れる。

お忍びの遠出のために、着ているのは質素な木綿のドレスだった。一人でも着替えられるように、前開きで飾りの少ないものを選んだ。

その簡素なドレスに彼の指がかかる。

「待って……！」

「待たない」

私の言葉を無視して前のボタンが全て外され、唇が首筋から襟元へと移る。

「私が知りたいのはただ一つ、君は私を愛しているかどうかだけだ。愛されていないのならばどんなに辛くても諦める。だが君が私を愛しているのなら、どんなことをしてでも私は君を手放さない。エリザ、君は私を愛しているか？」

「……愛してるわ。愛しているからこそ……」

「それだけでいい。他には何もいらない」

彼の身体の重みを感じ、支え切れず枕の上に倒れ込む。

それでも気にせず、彼は私から果実の皮を剥ぐようにドレスを脱がす。

形ばかりの抵抗で彼の胸を押し戻そうとしたが、手首を取られて押さえ込まれた。

「たかがキス一つだ」

下着のビスチェも、前開きだった。

胸元を細いリボンで締めて、ボタンで留める作りの。

そのリボンもボタンも、彼の口が器用に外してゆく。

「ロウェル……！」

唇が、胸の膨らみに触れた。

隠す布を押しのけて、更に深く胸を探る。

「……アッ！」

声を上げると、彼が顔を上げ私を見た。

「王妃が一番に何を求められるかわかるか？」

手が、唇の代わりにビスチェの襟元から中へ滑り込む。

「跡継ぎを産むことだ。エリザは成人していて健康で、その点は問題がない」

捕まえていた手首を放して自由になった指が中を探り、突起に触れる。

「……あ」

「私が伴侶に求めるものを知っているか?」

指先がクリッとそこを弄る。

瞬間、私の中で何かが応えた。

甘く、痺れるような疼きが下腹部に生まれる。

「私を王子として、王族として一段上の存在として扱うことなく、真実の姿を見せてくれる者。私の心を癒してくれて、当たり前の感情をぶつけてくれる者。私が心から愛しいと思える者だ」

紫の瞳が私を射る。

「今まで生きてきて、家族以外でそんな存在は一人しかいなかった。何度でも言う。私にはエリザしかいない」

瞳が近づき、寸前で逸れて私の首に頭を埋める。

耳に響く彼の声が世界の全てになってしまう。

「数多の女性と会った、女性だけでなく男性も。一番近くにいるエーリクでさえ、一番に私を『王』として見る」

「エーリクだって友人と……」

「友情はあるだろう。だがその前にあいつは私の臣下だ。だが君はどんなに私を王子として見ても、一番には愛する人だと思ってくれているだろう? 王子の私と、何者でもない私がいたらどちらの手を取る？」

「そんな……、どちらもロウェルなら両方の手を取るわ……」

「エーリクならば王子の私を取るだろう。他の皆もそうだ。両方と迷いなく即答するのはエリザだけだろう」

ふいに、『王は孤独』と彼が言っていたことを思い出す。

ロウェルは一度も、王子でなければ、王族でなければよかったと言ったことはなかった。未来の王として生まれ、その期待と重責を理解し、受け入れていた。

この国に、彼と同じ立場の人は一人もいない。

弟のマルセルはロウェルがいる限り王にはならない。彼もまたロウェルの臣下なのだ。弟だからこそ、王位継承の争いを生まないように成人すれば臣下であることを強いられるだろう。

国民の全ては、彼と違う段に立っている。平民だけでなく貴族も。

私が好まない王子の仮面。

私はそれを外した彼を知っている。でも私以外の人の前で、あれを外すことがあるのかしら？

公的な場所での彼を見ることが殆どなかったけれど、ひょっとして私のいないところではずっとあの仮面を着けたままだったのかしら？

「エリザ」

首筋に唇を感じる。

「絶対に君を離さない」

胸にある手が、また動き出す。

「君を、私の婚約者候補として発表したい」

「それは……、あ……っ」

微妙な指の動きに言葉が上手く紡げない。

「わかっている。だから『候補』でいい。だが私のものだと明らかにしたい。他の者が君に手を触れないようにしたい。でなければ君を失うことばかり考えておかしくなりそうだ。いや、もうおかしくなっているかもしれない。こんなことをしている時点で……」

彼はまた身体を起こして、すっかりボタンを外されていた私の服の前を開き、今度はそこに顔を埋めた。

「や……、だめ……」

指が、乳房の先を引っ掻く。

それだけでも背に痺れが走るのに、もう一方の乳房の先を彼が舐めた。

「……ひぁ……っ」

硬くなった先が舌に弾かれる。

濡れた、指よりも柔らかな感触は私から抵抗の力を奪う。

「君が、他の男のものにならないようにしようとする私を許して欲しい」

彼の右手がスカートの裾に伸びる。

一番下までは手が届かなくて、布を握ってたくし上げるから脚が露になる。

止めなくちゃいけない。

これ以上はだめだと言わないと。

わかってるから、手は彼の身体を押しとどめようとするけど、止められない。

彼の力が強いからじゃない。自分が、この行為を本気で止めたいと思っていないからだ。

呪いは解けないとわかっても、彼が私を求めてくれることが嬉しいからだ。

だめだけど、嫌じゃない。

許されないことだけど嬉しい。

「あ……」

胸を掴まれ、形を確かめるように撫でられ、感触を確かめるようにゆっくりと揉まれる。

一つ一つの行動が、私の反応を待つように一拍おいてから始まるのは、私が本気で嫌がってるかどうかを確かめているのかもしれない。

拒まなくちゃいけなくても、拒めるはずがない。

私の身体は既に彼の愛撫に蕩けそうになっていて、その指が、唇が、指が動く度に甘い快感を覚えてしまっているのに。

「や……」

胸の先を咥えた唇の中で、舌が先端を転がす。

歯が軽く当たるけれど、それは痛みより疼きを与える。

与えられる疼きは、身体の芯に熱を与え、息が苦しくなってくる。

ドレスのスカートをたくしあげた手は、露になった私の脚を撫でた。

硬い皮膚の感触。

自分ではない、侍女でもない、感じたことのない触感に鳥肌が立つ。

彼に求められるのは二度目だ。

前に城で求められた時も今も、彼は私を捕らえようとして触れてくる。男の人の欲望というよりも、私を誰にも渡さないために、と。

彼も、これが『まだ』いけない行為だとわかっているのに、私を求めてくれているのだ。その気持ちを知れば、やはり喜びしか感じられなかった。

いっそ、このまま彼に身を任せてしまおうか?

だって、ロウェルがどんなに頑張ってくれても私は彼の妻にはなれないかもしれない。その可能性の方が高い。

彼に触れられて、こんなにも悦びを感じているのに、この先それは望めないことかもしれない。

それなら、この甘い時間を受け止めてはいけないのだろうか?

そんな邪な考えが頭を過る。

触れる手が、股をすりっと撫でる。

「ん……っ」

項に鳥肌が立つ。

胸の先を濡らしていた舌が膨らみを滑り、肌を吸い上げる。

舌は執拗に胸を責めた。

そこが感じるところだとわかってるみたいに。

彼の前髪が落ちて、刷毛《はけ》で撫でるように滑ってくる。

「あ……」

触れるか触れないかなのに、どんな些細な刺激も私を堕としてゆく。

もう認めるしかない。

私も彼から離れたくない。

だって彼しか知らない。

子供の頃から、彼の愛情にどっぷりと浸って味わった幸福から抜け出せない。こんなにも私を求めてくれる人を拒めない。

「ロウェル……」

彼のためと言いながら、どこかで嫌われたくないという思いから、何度も背を向けてしまった。

それでも待っていてくれた。

望んでくれた。

覚悟を決めろと言われたじゃない。決めるはずだったたじゃない。

最後までと思ったわ。その最後は今日じゃない。

いつしか、押し戻すための手が彼の服を掴んでいた。

彼の手が脚から腰へと移動し、下穿きを取ろうと動く。

「……ロウェル」

「愛してる。この言葉が免罪符になるとは思わないが、それだけは疑わないで欲しい」

「疑ったりしないわ……」

「エリザ」

するっと、腰が解放される感覚があった。

まだ剥ぎ取られてはいないけれど、下穿きはもう私を守るものではなくなったのだ。

腰のくびれを手がなぞる。

「あなた以外の人に……、嫁ぐつもりはないもの……」

「エリザ？」

「……いいわ」

「エリザ」

彼が顔を上げて私を見た。

長い睫毛が揺れている。

「私も、ロウェルを愛してるもの……」

こんな格好で言うのも気が引けるけれど、今伝えなければ。この行為はあなただけの気持ちじゃない、私だって望んでる。私も、あなたと一緒にいたい。

「婚約者……、候補でいいなら、そうなりたい。正式な婚約は解決してからになるけれど……」

「ああ、エリザ……！」

感激して、ロウェルが私を抱き締めた。

「でもお父様は反対するかもしれないのよ……？」

「私が説得する。絶対に」

「結婚もできないかもしれないわ」

「する。君が望んでくれるなら」

不安を一つずつ否定しながら彼の口元が、目元が、喜びに緩む。

「……望むわ。だから、何をされてもいいわ……」

神の前で誓わなくても、国民に祝福されなくても、あなたの手を取りたい。

ロウェルは完全に相好を崩して、そのまま私に深く口づけた。

触れる唇。

口の中へ押し入ろうとする舌。

「……あ」

「あ！」

お互い気づいてすぐに離れたけれど遅かった。

私は半裸のまま、八歳の少女になってしまった。

バッ、と飛びのくように離れてロウェルが背を向ける。

「すまない」

毛布が頭の上から被せられ、埋もれてしまう。もぞもぞと動いて頭だけ出すと、ロウェルは頭を抱えていた。

「ロウェル……？」

「身支度は一人でできるか？」

「ええ……」

「では私は部屋を出ている」

「そうね、私がこんな身体になってしまったから……」

「違う。……その姿に欲情しない自信がない」

「は？」

今何て？

咎めたつもりはないけれど、私の声に彼は慌てて説明した。

「いや、幼女趣味だというわけじゃないぞ！　ただウィルベルが言っていたように幼い頃からエリザが好きだったわけだし……、今はこっちの状況が臨戦態勢というか……。とにかく、取り敢えず廊下で待つから、支度ができたら呼んでくれ」

ロウェルは前屈みになって逃げるように部屋から出て行ってしまった。

子供の姿でもそういう気持ちになるのかしら？　いえ、ならない自信がないということは、今はそうではないということ？

考えても仕方がないので、私はベッドから下りると、予め運び込んでいた子供用のゆったりとした寝間着に着替えた。

起きた時には元の姿に戻るので、ぶかぶかなほど大きいものだ。

それだけでもよかったのだけれど、彼の言葉を考えて、その上からガウンを羽織った。

「ロウェル？」

小さな身体では動きずらくて、もたもたしてしてしまったけれど、彼はまだ廊下にいるかしら？

「着替えたわ。もう平気よ？」

扉が薄く開き、彼が顔を覗かせる。

緊張した顔は、すぐに安堵に変わった。

「可愛いね」

「欲情した？」

「……いや、もう大丈夫だ。そういう気持ちは処理してきた」

「処理？」

問いかけると複雑そうな顔をされる。

「……まあそのうち教える」

彼は部屋に入ってきて、私を片腕で軽々と抱き上げるとベッドへ運び、座らせた。

「ごめんなさい……。そういうことができなくなってしまって……」

「煽らないでくれ、大丈夫だから。君が子供になっても、私はやっぱり君が好きだよ。そういうことはできなくても、あの頃触れることもできなかった分、可愛がってあげる」

ロウェルはくしゃっと私の髪を撫でた。

それの手は、さっきまでの『男の人』の手とは違う気がした
「理性の強度に自信はあるつもりだ。男女の営みはできなくても、君を想う気持ちに変わりはない」

ロウェルは上着を脱いで私を抱えたままベッドに横になった。

乳母が子供を守るように、小さな身体を包み込んで布団を引き寄せる。

「今夜は何も考えずにお休み。これからのことは、また明日考えればいい」

「ええ……」

「だが、大人に戻ったら君が私の気持ちを受け止めてくれたことは忘れないからな」

不穏な言葉を残しながら、彼は早々と目を閉じた。

「お互い疲れてるから、もう寝てしまおう」

と言って……。


翌朝は、まだ早いうちに「うわっ！」という小さな悲鳴で起こされた。

まだ眠い目を開けると、ロウェルは身体を起こして壁際に張り付いていた。

「ロウェル……？」

「待て！　起きるな！　私が先に起きる」

そう言って、横たわったままの私を乗り越えてベッドを出る。

「着替えが終わったら、下へ来なさい。応接室で待っているから」

「はい」

ロウェルが出て行ってから、私もベッドを出て、自分の格好に気づいた。

寝るだけだったから、下着を付けずに着た子供用の寝間着は丈も足りず、胸元がパツパツになっている。

確かにはしたない格好だわ、と気づいて顔が染まった。

昨日着ていた簡素なドレスではなく、家から着てきたちゃんとしたドレスに着替えていると、俄に階下が騒がしくなった。

どうしたのだろうと慌てて下りて行くと、そこにはエーリクとウィルベルがいた。

「姉さん!」

何故かウィルベルが駆け寄って私の顔を覗き込む。

「おはよう、早いのね?」

「おはよう。その……、身体に痛いところとかない?」

「身体中が痛いわ。小さな馬車って疲れるのね」

「それだけ?」

「それだけって……」

「だから言っただろう。彼女は清いままだ」

ロウェルが背後から説明するように言ったので、何となくウィルベルの心配の理由がわかり、また顔が染まった。

つまり二人は、ロウェルがここへ泊まったことで『そういうこと』があったのでは、と心配しているのだ。

事実、そうなりかけたけれど、それを口にしない方がいいことぐらいはわかった。

「だとしても、泊まったのは失態ですよ」

エーリクがジロリとロウェルを睨む。

「私の理性を褒めてしかるべきだと思うんだがな……」

「姉さん、率直に訊くけど、殿下に何かされなかった?」

「プロポーズした」

私が答える前に、ロウェルが言う。

「そしてやっとOKがもらえた。今日、侯爵家に報告に行く」

「呪いは解けたのですか?」

「いいや、だが可能性の糸口ぐらいは見つけた」

その時、私のお腹が鳴った。

「ご……、ごめんなさい。昨夜は気落ちしていて食事ができなくて……」

うう……っ、淑女にあるまじきことだわ。

けれどそのせいで、緊迫していた空気は解れたようだ。

ウィルベルは呆れ、ロウェルは笑い、夫人のところから朝食を運んでもらうようにエーリクに命じた。

食事が届くのを待っている間に、朝一番にエーリクが、ロウェルが城に戻っていないことを知り我が家を訪ね、そのまま二人でここに来たのだと説明を受けた。

そしてロウェルはウィルベルにも怒られていた。何事もなかったとしても、使用人のいない館で男女二人きりが過ごすのはよろしくないと。

四人分の支度は用意していなかったようで、エーリクはパンにハムとスクランブルエッグを挟んだだけのものを持って戻った。私の分だけは小さく切り分けられていたけれど。

すぐにメイドがお茶を届けてくれて、ウィルベルはわざわざ『三人が』朝一番で訪れたのが悪いのですと謝罪していた。

つまり、ロウェルも昨夜はいなかったことにしてくれたのだ。

食べながら、ロウェルが二人に昨日の成果を説明した。

会いに行った女性は確かに魔女で、私の呪いを読み解いてくれた。呪いの本質は嫉妬、方法は言語による呪詛だと。

彼女自身は呪いを解くことはできないけれど、掛けた本人を見つけることができれば解呪の方法はある。

本人が嫉妬を消して解呪に応じるか、その時に媒体となった宝石があるはずなのでそれを破壊すればいい。

私は全く解決に繋がらないと思っていたが、二人は違った。

「目的がはっきりして動き易くなりましたね」

「ではその女性を捜せば、いいんですね。名前もわかってますし、本腰入れて捜しましょう」

二人にそう言われると、心が軽くなった。

それから、ロウェルは私がプロポーズを受けたことも話した。

「まだ『候補』だが、彼女を私の側に置くことができるだろう。今日中に父上達に話をして、侯爵邸に向かうつもりだ」

「ですが殿下、呪いのことは……」

ウィルベルの問いにもロウェルは動じなかった。

「父上達には話さない。侯爵が娘可愛さに手放したくなくて反対しているから、説得に時間を掛けると言うつもりだ。オンブルー侯爵家は我が国の外交に欠かせない家だから、少しでも反対があるのはよろしくないからと言って。その代わり、侯爵には全て話して、婚約を渋っているという演技をしていただくことになるだろう」

「それは姉のためなら了承すると思いますが、殿下はそれでもよろしいのですか？　その……、ずっと候補のままになるかもしれないのに……」

「必ず結婚してみせるから心配するな」

言いにくそうに訊いたウィルベルに、ロウェルは断言した。

「そのために、これからもお前達の協力を頼む」

「それはもちろんいたしますが……」

「何、難しいことじゃない。父上達は私の望みが何かを知っていて暗黙に了解してくれている。侯爵も娘可愛さに頑張ってくれるだろう。説得は私がする。二人は反対しないでくれればいい。出来れば、楽観的な意見を吹き込んでくれるとありがたいな」

「楽観的というと、呪いはすぐに解けます、ですか？」

「私が呪いのことに気づいて動き出したらすぐに解呪の方法がわかった。殿下ならやってくれる、とでも」

……それは確かに楽観的だわ。解呪の方法がわかっても、それを実行する術《すべ》はまだないのだもの。けれど自信に満ちて笑うロウェルを見ていると、本当に簡単にやり遂げてしまいそうな気もする。

「つまり、殿下を持ち上げろということですね」

辛辣な言い方で確認を取るようにエーリクが訊いた。

「エーリク、言い方。信用させろ、というだけだ。私を信用さえしてくれれば、侯爵も協力する気になってくれるだろう。後込みされては、解決するものもしないからな」

「解決、させるんですね？」

「そう言ってる」

「わかりました」

その短い会話で、ロウェルがエーリクは自分を『王』として見ているという言葉の意味を察した。

こんなに長く、近くにいるのに、彼等の間には越えられないものがあるのだわ。

「言うまでもないけれど、私はロウェルを信じてるわ」

だから口に出して言った。

何があろうと、一緒に行きますと。改めて言葉にして。

その日のうちに、有言実行でロウェルは動いた。

まず、私はウィルベルと共に家に帰り、今日明日中にもロウェルが正式に訪問するということを告げた。

実際は午後一番だったのだけれど。

城に出仕せずにロウェルを待っていたお父様と膝詰めで話をし、私の呪いのことを知ったこと、それで昨日調査をして解呪の方法を知ったこと、それを踏まえて私と婚約したいと宣言した。

思った通り、お父様は難色を示したけれど、ロウェルは押し通した。

今は婚約者候補でいい。侯爵は反対して欲しい。そうして他家からの縁談を遠のけて時間を稼いでいる間に問題を解決する。

呪いが解けた時に正式な婚約とするが、万が一呪いが解けなくても自分が何とかする。

だから、国王夫妻がどんなに言っても、解決するまでは婚約を渋って欲しい。

「呪いとはいえ、たかがキス一つ。そんなものに負ける私ではないと信じて欲しい」

そう強く言って。

お父様は随分と考えていたようだけれど、ウィルベルもロウェルに加勢し、最終的にはその考えに同意してくれた。

となれば、私の身の振り方も変わる。

今までは、ロウェルから離れるため、目立たないようにするために社交の場から離れていたが、王太子の婚約者候補となればそうはいかない。

今までの分を取り戻すように、お茶会だけでなく夜会などのパーティへ出席することになった。

その時のエスコートは、もちろんロウェルだ。

忙しい身の彼が毎回エスコートするわけではないが、大きなものは彼がパートナーを務めてくれることになった。

まず最初は王城で行われた月例の王家の夜会。

華々しいというほどのものではないが、重臣や諸外国の方々が情報交換をするための集いでもあるので、主要な貴族が顔を出すその場に、彼が私の手を取って出席した。

その時の会場のざわめきは忘れられない。

驚き、嫉妬、羨望、安堵、疑問。様々な視線を一身に受けて、私は胸を張って彼の隣に立った。

「案外肝が据わってるな」

「だって、ロウェルと一緒だもの」

もう揺らがないと決めたから、からかう彼に微笑み返した。

美しく着飾ることにも、引け目を感じることもしない。私はロウェルの、王太子の隣に立つにふさわしい女性にならなければならないのだから。

そしてロウェルと共にパーティに出席したことで、私は今まで見ることのなかった彼の『公式な顔』を見ることになった。

私が、ロウェルが王子である顔を見たのは、二度。

一度は子供の頃初めて会ったお茶会の席。あの時、王子様然とした彼の笑顔を仮面のようだと思っていた。

もっとも、その後すぐに意地悪されたり、焦って気遣ってくれたりと、素の彼を見たのでそんなに強い印象となったわけではない。

二度目は私の社交界デビューの時。私は彼の近くに行くことはできず、彼が完璧な王子様だと遠目で美術品を眺めるように鑑賞していた。

けれど今回は違う。

ロウェルが、王太子であることの意味をまざまざと知った。

穏やかでありながら威厳のある笑みを湛え、王妃様譲りの黒髪という異国の血の混じった異質ささえも彼を特別に見せるためのアイテムに過ぎない。

決して華美ではない髪色に合わせた暗い色の礼服は、荘厳でさえある。

不美人ではなくても、どこか幼さが残ると言われる私と比べると『大人の男の人』と思わせた。

「今日はお珍しく女性連れなのですね」

と声をかけられても、薄く笑って返す。

「皆が望むことを叶えたいと思いましてね。ただ、簡単にはいかないようですが」

「ほうそれはどうしてですか？　殿下ならば何でも叶えられましょう？」

「私は人の心を大切にするのです。でなければ人の上には立てませんから。手中の珠を愛でる方から奪うのは好まない。できれば自ら差し出してくれるのを待ちたいものです」

比喩で、やんわりと侯爵家が私を大切にし過ぎて、いい返事がまだもらえない。でも無理は通したくないと示唆している。

それも、不快ではなく、筋を通したいだけだと含めて。

「そうですか。確か、ご令嬢は侯爵夫人の療養に付き添われて長く王都を離れておいででしたな。父親としては今暫く娘を手元にと願うものでしょう。何れどちらかへ嫁がれたら簡単に会えなくなるでしょうから」

相手もそれを察したようだ。

相手は穏便な人達ばかりではない。時に攻撃的な人もいた。

「誰でもよろしいのでしたら、もっと早くに動いていただければよろしかったのに」

「誰でもよくはないから時間がかかるのだと分からない人には、説明しても仕方がない。当然あなたはわからないほど愚かではないから、説明もいらないだろう？」

嫌みにも、ソツなく優雅に対応してゆく。

冷静で、感情を読み取らせることなく、平静でい続ける。

これが『王太子ロウェル』なのだわ。

私が見てきたのは、この仮面を外した彼だったのだ。

ダンスを一曲踊った後は、ウィルベルが迎えに出てロウェルとは別れる。

彼にエスコートされて入場しても、彼には彼の仕事があり、それに同行する権利はまだ私にはないので。

ロウェルから離れれば、悪意も善意も、直接私に向けられる。

ウィルベルが風除けになってくれてはいても、侯爵令嬢という肩書があっても、老獪な方々はそれをものともせずに私に直接言葉を向けてきた。

「今まで何をなさってたの?」

「教育は万全なのかしら?」

「殿下とはどちらでお知り合いに?」

何が役に立つかわからないものだわ。

お母様が病弱で付き添いをしていたということと、呪いを受けた身であることを隠すということのために嘘を吐き続けてきたことで、私は他人の探るような視線や言葉に平然と返すことが上手くなっていた。

「今まで身体を壊した母と領地におりましたの。けれどそれに罪悪感があったのか、母は王都にも負けぬ教育を施してくれましたわ。殿下とお会いしたのは他の皆様と同じです。ええ、あの初めてのお茶会に私もおりましたのよ?」

ロウェルから、全て真実を答える必要はないと言われていた。

相手に都合のよい解釈ができるような、曖昧な答えでいい。ただ嘘は吐くな、と。

「僕は姉と殿下が親しくなればと思っていましたから、嬉しいですね。ただ父は手放しとはいかないようですが」

「侯爵が?」

「僕もですが、今言った通り離れて暮らしていましたので、姉とはもう少し家族として共に過ごしたいと思ってますので」

反対はしていないけれど、諸手を挙げて賛成でもない。ウィルベルと同じことをどこかでお父様も口にしているだろう。

困ったことに、嘘ではないからとかなり乗り気で。

自分のせいで私が呪いにかかったと思っている上に、二年間も離れて暮らしていたので、娘は暫く誰にも出さない。縁談を断っていたのもそれが理由。だから相手が『誰で』あっても、すぐに頷いたりはしない、と。

お祖父様は外交官として、お父様も外交系の官吏として優秀であり、弟は殿下の補佐官。簡単に文句を言えない立場の家族に囲まれているのも幸運だった。

一番の問題は、友人達だ。

ごまかしも利かず、執拗に質問責めにあった。

「憧れではあるけれど、何もかもお父様がお決めになることだから、私には何も言えないの。軽々に口にすると大変なことになるって言われているし」

これで乗り切るしかなかった。

噂という形ではあるが、私が何とかロウェルのお相手らしいという認識が広まった頃、隣国の王子が親善大使として我が国を訪れた。

私を呪った女性がいる国、ウィルベルが留学していた国でもあるサルマの王子、ロッサ・アルキュール様が。


「好奇心旺盛で我が儘、でも性格はさっぱりしているし面倒見もいい。留学中は自分のことは兄と思っていいと言ってくれて、親しくさせてもらったよ」

とはウィルベルの言だ。

隣国の王子を歓迎するためのパーティは国の公式行事になるので、私はロウェルのパートナーにはならなかった。

まだ婚約者『候補』なので。

明るい藤色のドレスを身に纏った私をエスコートするのはウィルベルだ。

彼は会場である城の大広間に入ると、私の隣にぴったりと寄り添って主賓の殿下のことを『要注意人物』として説明してくれた。

「でも強引だし、女性好きだから注意した方がいい。姉さんの立場なら、誘いを断っても失礼には当たらないだろう」

「私の立場？」

「我が国の王太子の婚約者。たとえ候補であっても、唯一の候補だからね。王太子は次期国王に決定した者、王子はただの王の子供の一人。王太子の方が立場が上になる。国同士で比べても、サルマと我がロリアスは国力は我が国の方が上。その王太子のただ一人の婚約者候補なんだから」

「……そう言われると凄い立場なような気がしてきたわ」

「気持ちだけじゃなくて凄いんだよ。ただ……、ロッサ殿下は奔放でやんちゃだから、気を付けるに越したことはないかな」

「でも王子様なんでしょう？」

「ロウェル殿下は特別。あんなに冷静で聡明な方はいないよ。……姉さんのこと以外では」

貴族達が集まった大広間。

華やかな空間には穏やかな曲が流れていたが、突然曲調が変わった。

サルマの楽曲だ。

そして国王夫妻の登場が声高に知らされ、続いてロウェル殿下とロッサ殿下の来場が告げられる。

私達を含めた一同は深く頭を下げ、陛下の「面を上げよ」の声を戴いてから顔を上げる。

国王夫妻は玉座に着座し、陛下の右手側にロウェルが立ち、そのさらに隣に赤い髪の男性が立っていた。

彼が、ロッサ・アルキュール殿下ね。ウィルベルが『奔放な方』と言ったのもわかる気がする。

まるでヤマアラシのように好きに跳ねさせた腰まである長い髪に、我が国のとは違う長いローブのような礼服に派手な刺繍。

殿下の背後に控える見覚えのない方々はサルマの貴族なのだろうが、そちらは我が国の礼服に近いものを纏っているところを見ると、自己主張が強いのか、愛国心が強いのか。王族としてのプライドもあるのかも。

何れにしても、穏やかな方には見えないわね。

「隣国サルマとの交流と親善のために、今宵一時を楽しんでくれ」

陛下のお言葉で、パーティが始まる。

いつものように、陛下やロウェルの側に人々が集まる。

今夜はロッサ殿下の周囲にも人垣ができていた。

「挨拶に行くのでしょう?」

私が訊くと、ウィルベルは苦笑した。

「まずお年寄り連中の挨拶が終わってからだね。僕は若輩者だし、殿下との繋がりは私的な交流だから。公務優先。父上はきっとあの中にいるよ」

お父様は外交官ではない。本当はそうなりたかったらしいけれど、お祖父様が止めたのだ。美貌の若い外交官は火種になりやすい。本人にその気がなくても、相手がトラブルを引き寄せるからと。

そして実際あの子爵令嬢のことがあり、今は外交部の文書課に勤めている。

外交に関する機密文書を扱う部署なので、陛下にも一目置かれているとか。

「ウィルベルも外交官になりたかった？」

「いいや。僕はロウェル殿下の片腕になりたい。エーリク殿には適わないけど」

「エーリクもあの中にいるわね」

遠巻きに彼等を眺めていても失礼なので、私達はダンスの輪の中に入った。

立っているだけだと、私達もまた囲まれてしまいそうだったので。

二曲続けて踊り、人々の群れが流れ始めたところで、ウィルベルが私を連れてロッサ殿下の方へ近づく。

挨拶の行列が終わり、殿下は丁度ロウェルと二人でワインのグラスを手に語らっているところだった。

「殿下」

ウィルベルの声に二人が同時に振り向く。

そうよね、二人とも『殿下』ですもの。

「おお、ウィルベル。久し振りだな」

声を返してきたのはロッサ殿下だ。

あまり王族らしくない全開の笑顔でウィルベルを迎えてくれる姿にちょっと驚いた。王族は感情を読み取らせないもので、感情表現は抑えるものなのに。

「お久し振りです、殿下。お変わりなく」

「変わらなくて退屈しているくらいだ。お前はまだ呪いのことを調べているのか?」

問われてウィルベルが苦笑いを浮かべる。

「ええ、まあ。我が国にはないものですから」

私の呪いを解くために留学したウィルベルは、サルマで色々と聞き回ってくれていたのだろう。

「変わったやつだ」

ロッサ殿下は笑ったが、嫌な笑いではない。

「こちらではロウェル殿の側近になったそうだな」

「まだ側近ではありません。補佐官です」

「その違いがわからん。だが、ウィルベルならばロウェル殿が使いたいと思うのも当然だな。私も、お前が我が国に残ってくれればと思っていた」

「ありがたいお言葉ですが、僕の忠誠はロウェル殿下に捧げておりますので」

「譲らないか、ロウェル殿」

ロッサ殿下が、傍らに立って静かな笑みを湛えているロウェルを振り向く。

「君も認める通り、彼は優秀なので、手放し難いな」

「そうか、残念だ」

おとなしく引き下がったロッサ殿下の視線が、ウィルベルの後ろに立っていた私に向けられる。

「おや、そちらの美しいお嬢さんは？　君の恋人か？」

「姉です」

「姉君か。これは美しい」

近づいて、殿下は私の手を取った。

「初めてお目にかかります。オンブルー侯爵家のエリザと申します」

「エリザ嬢か。私のことを見つめていたが、私に惚れたか？」

そしてにやりと笑って手の甲に口づけようとした時、ロウェルが私の手を取り返した。

「残念だが、彼女も私のものだ」

いつもより少し低い声。

笑っているから、怒っているわけではないわよね？

「……私がいいと思うものは皆君が手に入れた後ということか。悔しいな」

「国に戻ればいくらでも欲しいものが得られるだろう」

「そうでもない。こんなに可愛らしく美しい女性は滅多にいないさ」

ロウェルはにこやかに私の腰に手を回し、自分の方に引き寄せた。

「君が覚えていたから、ウィルベルはまた呪いの話が聞きたいみたいだよ。二人で話をするといい。エリザ嬢は母上に挨拶をしなければな」

まるで決まっていたかのようにさらりと口にしたが、ウィルベルが置いていかれることも、私が王妃様にご挨拶することも、今聞いた話だ。それが証拠に、ウィルベルは困ったように口元を歪めている。

「そうですね。サルマの魔女の話を是非伺いたいと思っていました。殿下はご存じですか？」

何とか話題を捻り出して、ウィルベルは私と殿下の間に入る。

その隙にロウェルは王妃様の方へ歩き出し、背後に控えていたエーリクに目線だけで何かを指示していた。

彼はその場に残り、ウィルベルと共に殿下との会話に加わった。どうやら殿下のお相手をしろと命じたようだ。

「ギリギリだったな」

殿下達から離れると、ロウェルが呟いた。

「何がです？」

「君に私の『婚約者候補』という肩書を与えたことだ。もしそれがなければ、あの男が君を口説いても私に止める権利がなかった」

「口説くだなんて。社交辞令ですわ」

「君はもう少し自分の魅力を自覚した方がいい。私や君の家族ががっちりガードしているから悪い虫が寄ってこないだけで、狙っている男は多いんだぞ」

「……感じたことのないことはわかりません。領地にいる時にはご近所の貴族か親戚くらいにしか会いませんでしたし」

「オンブルー家の領地の近くというとイートス伯爵家とデルメア子爵家か。あそこの息子達は既婚者だったな」

「よくご存じですのね」

「君の周囲にいる男達はチェック済みだ」

冗談でごまかしたけど、ロウェルは国内の全ての貴族の名前も領地も頭に入ってるのね。

「ロッサの言う通り、彼のことを見つめていたようだが、彼が気に入った？」

「いえ、驚いていただけです。王族なのに感情表現が豊かでしたので」

「……君は社交辞令やとって付けたような笑顔が嫌いだったな。王子様の顔は嫌だと言われたこともある」

「そんなこと言ってません」

「表情に出ていた。ということは、ロッサを気に入るかも知れないな」

「そんなことありません。気に入っても、一番は決まってます」

反論すると、彼は小さく笑みを浮かべた。

からかったわね。

「母上には本当に挨拶をした方がいい。君とゆっくり話をしたいと言っていたしね。そのうちお茶に呼ばれるのじゃないか？」

「母と一緒にもう呼ばれてますわ。楽しみにしてます」

「母上のところへ行く前に一曲踊らないか？」

「よろしいのですか？」

「もちろん。ロッサに対する牽制だ」

「またそんなことを……」

この場で彼と踊ることの意味を知りながら、私はフロアに出た。

彼を信じていても、結末はまだわからない。恥じらいで彼と共にいる時間を削るのはもったいない。あと何度踊れるのかわからないのなら、誘われればいくらでも踊る。

「このまま、一緒に抜け出そうか？」

「それはだめよ。王太子としての仕事があるのでしょう？」

「もう粗方終わった。後は愛嬌を振り撒くだけだ。だからその前に少しだけ息抜きがしたい。ずっと傍らに君がいてくれればいいのだが、まだそれは許されないだろう？」

婚約者ではなく、候補だから。

公式の席では彼の隣に立てない。それは痛いほどわかっていること。

「バルコニーで少し話すのなら許される？」

「……ええ」

ダンスを終えてバルコニーへ向かうと、いつの間にかエーリクが背後に付き従っていた。

「二人きりにはなれないわね」

と笑うと、彼は「二人きりになるために必要なのさ」と返した。

旋律が彩る大広間からバルコニーへ出ると、その出入り口にエーリクが立つ。私達に背を向けて、守護するように。エーリクが他人が立ち入らぬよう門番となって私達を『二人きり』にしてくれるから必要だと言ったのね。

「あいつがいるから、護衛の騎士を減らすことができる」

「本当に優秀なのね」

「よそ見はしないでくれ」

手摺りの近くまで行くと、ロウェルは閉じ込めるみたいに背後から私の両脇に腕をついた。

背中にぴったりと寄り添う彼からは、微かにコロンの香りがする。夜の闇のような、冴え冴えとした香りは彼に似合っている。

「エーリクは友人よ」

「わかってはいるが、君が他の男を褒める度に不安になる。私以上に好きになる相手が現れたんじゃないかとね」

「そんな人は現れないわ」

「まだ君の全てを手に入れてないから、自信がないんだろう」

「私の全てはあなたのものよ？」

真実を告げたのに、彼はコテンと私の肩に頭を載せた。

ため息の熱い吐息が首筋にかかってゾクリとする。

「侯爵夫人に、そろそろちゃんとした閨の作法や男心を学ばせるように言わないといけないな」

言ってから、吐息のかかった場所にキスされる。

微かな感触なのに、全身に鳥肌が立った。

「ロウェル、だめよ。こんなところで……」

「私は君が思うより清廉潔白な男ではない。我慢強いだけの、ただの男だ。愛する者が腕の中にいれば、イタズラもしたくなる」

今度は耳の後ろに唇が触れた。

「君の全てが私のものになるというのは、私が君をベッドの上で堪能した時だというのを覚えておいてくれ」

「べ……ッ！」

あの夜を思い出して顔が熱くなる。

彼に身を任せてもいいと思ってしまったあの夜のことを。

「だから軽々に全てをあげるなんて口にしてはいけないよ。私の理性は保てなくなってしまう」

捕らえていた左の手が手摺りから外れ、ドレスの上から私の胸に触れた。

すっと撫でただけだけれど、それは十分な刺激だった。

「い……、イタズラしないで……」

「イタズラじゃない。意思表示だ」

指先だけの軽いタッチで、胸の膨らみの頂点が撫でられる。

「ン……ッ」

脚から力が抜けて、思わず自分が手摺りに手を付いてしまう。

「私が君を愛しているという意味を再確認して欲しい。呪いのせいで婚約できないが、本当はすぐにでも結婚して君を手に入れたい」

耳元で囁く声は、どこか脅しているようにも聞こえる。

いつもより低くて、抑揚がないせいだわ。男の人の声だ、と思ってしまう。

「手に入らない状態のまま、他の男に目を向けられると嫉妬して、理性が擦り切れてしまいそうになる。エリザが大切だから、もう少し我慢するけどね」

胸を撫でていた手が腰に落ちて、背後から抱き締められる。

「もう戻ろうか。これ以上暗がりに二人きりでいると、自制心が崩壊しそうだ」

「わ……、私だって……」

「うん？」

「私だってあなたと早くキスしたいわ……」

「……だからここでそういうことを」

「自分ばかり我慢してると思わないで」

密着した彼の身体にドキドキする。

触れられた場所が甘く疼く。

私だって、ロウェルに身を任せてしまいたいという気持ちはあるのよ。ただはしたないから口にしないだけで。

なのにあなたは私がわかってないみたいに言うんだわ。

私が幼いせいでずっと待たせたのは悪いと思うけれど、それとこれとは別よ。

私はヒールで彼の脚をぎゅっと踏み付けた。

「痛ッ！」

「場所を弁えない行動は意地悪よ。好きな人に触れられて平気でいられるわけがないってわかってるクセに」

「……ごめん」

ロウェルは素直に謝罪して、頬に優しいキスをくれた。

「自分でも思ってるより余裕がなかった」

そしてすぐに身体を離して手を取ると、エーリクの待つ大広間へ誘った。

「母上のところまで送るよ。きっと君の母君もそこにいるだろう」

入口に立つエーリクの横を通る時、エーリクが小さく咳払いした。

「節度、という言葉をお忘れなく」

と囁いて。


パーティの数日後、今度はお城のお茶会に招待された。

どうやらロッサ殿下の発案で、パーティでは年寄りとの挨拶ばかりでつまらなかったから、美しい女性達と親交を深めたいとのことらしい。

ロッサ殿下は第二王子でまだ婚約者はいない。

サルマではまだ王太子が決まっていないから、彼が未来の王になる可能性もある。

もっともウィルベルに言わせると、内々には第一王子のエドマン様に決まっているらしいけれど。

それでも、国に戻ればいずれ王弟殿下となり、公爵位を賜るだろうし、こちらの国で婿入りすればその家はサルマ王家の後ろ盾が手に入る。

なのでロウェルに私という婚約者候補ができたことで落胆していた女性達は目的をロッサ殿下に変えるだろう。

サルマの事情に詳しい弟に因ると、殿下は妹君の婿探しもしているらしい。

「あなたも狙われているのではなくて？」

とからかうと、ウィルベルは難しい顔をした。

「冗談にならないからやめて。僕はおとなしい女性が好みなんだ」

どうやら殿下の妹姫は殿下に似て勝ち気な性格らしく、留学中にも声を掛けられていたらしい。

「それに、僕はロウェル殿下の側近を目指しているんだから、他国の王族を妻にはしないよ。色々と面倒だろう？」

「そうね」

頷いて見せたけれど、心の中にはもやもやとしたものがあった。

私はもうこのもやもやの正体を知っている。

嫉妬だ。

ロウェルは私とロッサ殿下のことで嫉妬したと言ったけれど、妹姫がロウェルを求めたらどうなるのかしらと心配になってしまう。

サルマは友好国だし、王族同士の婚姻は歓迎されるかもしれない。長く婚約者を決めなかったロウェルが望まれて、ロッサ殿下はその下調べのために来たのかも。

もしそれが現実になったら、まだ『候補』でしかない私は簡単に捨てられてしまうかも。

ロウェルの愛情は疑わなくても、国策というものがある。事情を知らない大臣達は、お父様が反対している私より、隣国の姫の方がよいのでは、と彼に囁くかもしれない。

「今日のお茶会、ロウェルは同席するのかしら？」

「ロッサ殿下の主催、ということになるけれど、王城で行われるからね。顔は出すと思うよ。どうして？」

「うん……。色々と心配で……。もし時間が空いてたら顔を出して欲しいと言っておいて。仕事がある時は言ってはだめよ？」

「姉さんから会いたいなんて言ったら、すぐに飛んで来ると思うよ？」

「でも仕事が優先よ。今は隣国の使節団がいらしてるんだから」

「その使節団の大使が集団見合いをご希望してのお茶会なんだけどね」

城へ向かう馬車の中、私はウィルベルに『殿下の縁談が心配』とは言わなかった。

言っても一笑に付されてしまうだろうし、彼を疑ってると思われるのも嫌だったので。

城へ到着すると、既に何台かの馬車が停まっていて、招かれた令嬢達の姿が見えた。

「姉さんはあっちから入った方がいいよ」

ウィルベルが、官吏が使う出入り口を示したのは気遣いだろう。

私はロウェルの婚約者候補だけれど、正式な婚約者ではない。なので、今回ロッサ殿下が希望した

『未婚の令嬢』に入ってしまい招待を受けることになった。

けれど令嬢達にしてみれば、ロウェル殿下だけでなくロッサ殿下にも近づくつもりかと見られるだろう。それを気にして、自分が使う出入り口へと促してくれたのだ。

「そうね。お茶会の席も、なるべく後ろにしてもらえるように頼んでおくわ」

「僕からも口添えしておくよ」

馬車を回し、令嬢達とは別の入口へ向かう。

ウィルベルと共に通用門から入ると、彼は先にロウェルに会ってはどうかと言ってくれた。

「城に来たから挨拶するのは、婚約者としては当然だし。席順のことを殿下に頼めばいいよ。話をする時間があるかどうかも、その時本人に訊いたら？」

「大丈夫かしら？」

「忙しければ、エーリクが後にしてくださいって言うさ」

「そうね」

子供の頃は友人として気安かったエーリクも、大人になって正式な役職に就いてからは口煩くなったとロウェルが零していた。

だから、エーリクが自分を『王』として扱うのだ、と言うのだろう。

私としては、それとは別に友情もあると思うのだけれど。

だって、私みたいな面倒な女がロウェルに近づくのを許してくれているわけだし。ロウェルの我が儘も大抵は呑み込んでくれるのだから。

ウィルベルと二人でロウェルの執務室へと廊下を奥へと進んでゆく。

一人なら気後れするけれど、ウィルベルが一緒だから気兼ねなく歩いていると、突然横合いから声を掛けられた。

「ウィルベル」

弟の足が止まったので、私も止まる。

「ロッサ殿下」

視線を向けると、今日もまた派手なオレンジのサルマの衣装を身に纏った赤毛のロッサ殿下が駆け寄ってきた。

「今から仕事か」

「はい。殿下はどうしてこちらへ？　お茶会に出席なさるのでは……」

「これから向かうところだ。そちらはお前の姉だったな」

「はい」

ウィルベルは私を庇うように前に立った。

けれどそれを押しのけるようにして殿下が近づく。

「殿下」

「あなたも今日の茶会に出席するのか？」

「招待状をいただきましたので」

「茶会の趣旨は理解しているのだろう？　なのに出席してくれるのか？」

にやりと笑われる。

「誤解のないように申し上げます。どのような趣旨のものであろうと、外国の賓客からの招待をお受けするのはこの国の貴族としての礼儀だからです」

「そう意地を張らなくても、ロウェルより私の方が良いと思ったんじゃないのか？」

「あり得ません」

きっぱりと言い返すと、彼は少しムッとした。

「その言葉は失礼じゃないのか？」

「ロッサ殿下には殿下のよいところがおありでしょう。私の個人的な感想を述べることは非礼には当たらないかと存じます」

「個人的、か」

「殿下。姉は茶会に出席するのでそろそろ失礼を」

ウィルベルが間に入ろうとしたが、ロッサ殿下は私の腕を取ると、近くの部屋の扉を開けた。

「何を……！」

「うん、この部屋でいい。来い」

「殿下！」

そのまま強引に室内に連れ込まれそうになり、ウィルベルが慌てて殿下の腕を捉えた。

「殿下！　お戯れは困ります。姉から手を離してください」

「お前の個人的な感想とやらをもっと詳しく聞きたい。己を律する上で他者の意見を参考にするのは必要なことだ。お前の姉はユニークな考えを持っていそうだからな、是非話を聞きたい」

「それならば別に席を設けます」

「手を離せ、オンブルー卿」

ロッサ殿下はウィルベルを家名で呼んだ。その声は命じることに慣れた者の声だ。

「王族の腕を捉えるのは不敬だ」

そう言われてはウィルベルも手を離さざるを得ない。

「女性を強引に部屋へ連れ込むのは不埒です」

「扉を開けておけばいいだろう？」

「お茶会は？」

「私が行かねば始まらない。気にするな」

「殿下！　彼女はロウェル殿下の婚約者……」

「……ではないだろう？　まだ候補でしかない。違うか？」

ウィルベルが言葉に詰まると、また殿下はにやりと笑った。

「私の誘いに応じてやってきた令嬢と個別に話がしたい。そのことに何の問題がある。場所は貴国の王城で、部屋の扉は開けておくと言っているのだ」

「しかし……！」

「ウィルベル。いいわ、殿下のお相手をします」

「姉さん！」

「殿下が礼儀を通してくださるのなら、私もそれを返すだけ。礼儀を欠いた時は相応の態度でお返しします」

私は手の中の扇を握った。

「……では僕も同席を」

「あなたは仕事があるでしょう？　すぐに行きなさい。戻るのならば上司の許可を」

「彼女は私と過ごすことに乗り気のようだ。さっさと仕事に行くといい」

「殿下、ご忠告申し上げます。姉に無体なことをしたら、魔王を見ることになりますからね」

「お前が怒り狂っても魔王ほど怖くはないぞ？」

「忠告はしましたから」

ウィルベルの言う魔王ってもしかして……。

「では失礼します」

ウィルベルは一礼すると、足早に奥へと姿を消した。

当然、このことをロウェルに知らせに行ったのだろう。だとすれば、彼かエーリクが来るはずだから、それまで話し相手をすればいいだけだわ。

部屋は、客室の一つだった。

大きさから言うと、来賓用というよりはその方に付いて来た者の待機部屋かもしれない。

壁際に一人掛けが六つ並んで置かれ、その他にテーブルを囲む席がある。

「どうぞ、レディ」

ロッサ殿下は私にテーブル席の長椅子を勧めた。

上位の方から勧められた席を断れないのでその端に腰を下ろすと、彼も同じ長椅子に座った。

「近いですわ」

「適切な距離だ。遠くては話ができん」

「私は未婚の女性です。相手がだれであろうと不適切な距離は困ります」

「堅苦しいな。これくらいは普通だ」

「サルマではそうかもしれませんが、我がロリアスでは違います。どうぞ向かいの席に」

「私はサルマの王子だ。サルマの礼儀を通す」

ウィルベルが行った通り、奔放で強引な方ね。

「それで、私に何を聞きたいのでしょう?」

それでも、間に人一人が座れるくらいの距離はとってくれているので諦めて問いかけると、彼は鼻先で笑いながらこちらに向き直り、背もたれに片腕をかけた。

「見た目より気の強そうな女性だな。私はロウェルを妹の相手にどうかと思っている」

予想していた話題だけれど、胸が軋む。

「そのようなお話は殿下となさってください」

「お前にはそれに文句を言う権利はないからな」

煽るような言葉。でも動揺は見せたりしない。

「結婚は本人の意思だというだけです」

「ロウェルが選んだ女なら、きっと素晴らしい女性なのだろう。ロウェルに捨てられるのは憐れだから私がもらってやってもいい」

「お断りいたします」

「何故？」

「私が殿下を愛していないからです」

「愛？　そんなもの、そのうちに育つだろう」

「そういうお考えの方とは寄り添うことはできません」

「夢見る少女だな」

彼はバカにしたように笑った。

「愛情を夢だと思っていらっしゃるのなら、殿下は人の上に立つことは難しいのでは？」

「何だと？」

「愛は人の気持ちの根幹です。相手を思い遣る気持ちの基本です。人の上に立ち、導く方には必須なものです。それを軽んじる方に人は付いていかないと思います」

私はロウェルの愛情を知っている。

激しく深い愛情を持ちながら、幼い私を待っていてくれたことも。我欲を通さず、私の気持ちや周囲の状況を考えて動いてくれることも。

だから、彼の判断が間違えることはないと信じられるのだ。

彼と共にありたいと願うのだ。

「生意気な」

「忌憚ない意見をお求めかと思いましたので」

「男女の愛情など、所詮は浮かれた病のようなものだ。どう言っても、お前は王妃の座が欲しいのだろう？　だが、王妃など窮屈なだけだ。私の妻になれば、王族としての贅沢な暮らしができて、責務は少ない。私を選んだ方がいいのではないか？」

「私は贅沢も楽も求めていません」

「では何を望む？」

「愛する人と共に過ごすことです」

「愚かだな」

彼はふいに手を伸ばして私の手を取った。

「離してください！」

身体を引いたが、手は離れるどころか痛むほど強く握られる。

「そんなに愛情が大切だというなら、それを与えてやろう。私から受け取り、ロウェルを諦めろ」

「離して！」

私は握っていた扇で思いっきり彼の腕を叩いた。

「うっ！」

声を上げ、殿下が手を離す。それはそうだろう。私の持っているのはロウェルから贈られた軸に鉄が入った鉄扇なのだから。

けれどこれは悪手だったかも知れない。

「貴様！」

抵抗に怒ってロッサ殿下が再び私に襲いかかってきたのだ。

「扉が開いてます。人に見られたらお困りになるのは殿下では！」

「お前に誘惑されたと言えばいい。ああ、そうすればお前はロウェルから離れるしかないな。他国の王子を籠絡しようとするような女では……」

「エリザはそのようなことはしない」

冷たい声と共に、ロッサ殿下の首元に剣が当てられる。

殿下の動きはそれだけでピタリと止まった。

「……ロウェル、これは何の冗談だ？」

引きつった顔で問いかけるロッサ殿下の隣にロウェルの顔が並ぶ。

「冗談？　私は本気だ」

そして薄く笑った。

「私はサルマの王子……」

「お前が誰であろうと、エリザに狼藉を働く者を許すと思うか？」

私の見たことのない冷たい笑み。

「ロウェル様！」

「殿下！」

遅れて、部屋に飛び込んで来たエーリクとウィルベルが状況を見て声を上げた。

だが、二人共ロウェルを止めようとはしなかった。

「何をしている！　早くロウェルを引き離せ！」

ロッサ殿下が叫んでも、二人共呆れた顔をするだけだ。

「忠告したはずです。姉に何かしたら魔王が来ると」

……やっぱり、魔王ってロウェルだったのね。あの時はまさかと思ったけれど、未だ剣を突き付けているロウェルを見ると納得するわ。目の前の笑顔は目が笑っていないもの。

私でさえ、ゾクリとしてしまう。

「聞いている。この女はお前の婚約者ではないのだろう。まだ候補だ。立場もない者が私に暴力を振るったのだぞ」

ロッサ殿下の訴えを、ロウェルが一蹴する。

「ロッサ。彼女は私のものだと言ったはずだ。ロリアスの王太子が、正式なパーティの席で、人目のある場所で、これは私のものだと宣言した。婚約者だろうがそうでなかろうが、サルマの王子はそれを聞いておきながら人目を避けて汚そうとした。これは戦争の火種としても十分な罪だ」

「ロウェル！　戦争はだめ！」

私が言うと、彼は冷たい視線を少しだけ和らげた。

「訂正しよう、国交断絶ぐらいでどうだ」

「それもだめ」

「ならば、ロッサの首一つで我慢してやろう」

「ロウェル！」

見る間に蒼ざめてゆくロッサ殿下の首元からゆっくりと剣が離れた。

ロウェルが引いたのではない、エーリクが背後から彼の腕を引かせたからだ。

「殿下、まずはエリザ嬢を」

言われて彼は剣をエーリクに渡し、私を抱き締めて壁際の席へ移動した。壁際の椅子は一人掛けのものなので、私が座るのは彼の膝の上になってしまう。

「ウィルベル、扉を閉じろ」

命じられてウィルベルが動く。

「エーリク、ここでこの男を殺したとしたら後始末はできるか？」

「できます。ですがお勧めはしません」

「そんなバカな！　私はサルマの王子で親善大使なんだぞ……！」

「だからこそ、ですよ。ロッサ殿下」

エーリクはロウェルから渡された抜き身の剣を持ったままだった。冷静なエーリクのことだから、それを使ってどうこうということは考えられないけれど、妙にドキドキしてしまう。

だってロウェルでさえ変貌したのだもの。

「我が君が申しましたでしょう？　サルマの王子で親善大使としていらしたあなたが、我が国の王太子の手中の珠を奪おうとした。彼女は我が君のものだと宣言された後に、です。これはもう悪意を持って我が国にケンカを売ったと取られても仕方のないことです」

「ばかな！　彼女は婚約者でも何でもないだろう。ただの貴族令嬢だぞ！」

「我が国の外交部のトップであるオンブルー侯爵家の令嬢であり、王太子の補佐官の姉君です。『ただの』貴族令嬢ではありません」

「それは……、そうかもしれないが」

「それに何度も申し上げておりますが、我が君は公式の場で彼女は自分のものと宣言しました。あなたはそれを聞いていた」

エーリクは、普段あまり喋らないけれど、結構理詰めで話す人だったのね。丁寧に説明されて、ロッサ殿下がやり込められてゆく。

「あなたがただの貴族ならば、個人として警吏に引き渡して罰を与えれば済むでしょうが、王子で親善大使という国を背負う肩書の方が起こしたことは、国として責任を取っていただかなくてはなりません。我が君があなたをここで亡き者にしようと提案するのは、国家間の争いにしないための穏便な措置なのですよ」

「エーリク……、本気で言ってるんじゃないわよね？」

段々心配になって思わず問いかけると、彼はこちらを振り向いてにっこりと笑った。

「私が決めることではありません」

つまり、それが命令ならロウェルの言葉には従うという意味なのね。

「ロウェル。私のせいで人が死ぬのは嫌よ」

「ああ、もちろんだとも、君の責任じゃない。私の責任だ」

「ロウェル！」

ロウェルは私の頬に軽く唇を当てると、抱えていた腕を解いて自分だけ立ち上がった。私は椅子に残されたけど、次に彼が何をするのかと思うと落ち着かない。

「自分の軽率な行動を反省したかい？　ロッサ」

ロウェルはゆっくりとエーリクに近づき、剣を受け取ると腰の鞘に戻した。

「……彼女に正式な謝罪を」

反省はしたみたい。というか、三人に気圧されて負けたのかも。

「我が国の未来の王妃に向かって『この女』呼ばわりもしていたねぇ？」

「君は我が妹と結婚すべ……」

シャキッと音がして、また剣が抜かれる。

ロッサ殿下に突き付けられることはなかったけれど、それだけで殿下の口は閉じた。

「この期に及んでまだ考えが足りないようだな。我々を愚弄した挙げ句に、国策に拘ることを口にするなんて。君はサルマの王子として我が婚約者を汚し、妹を嫁がせようとした、と言っているようなものじゃないか。まさか本気でそうしようとしていたのかい？　これはサルマの意思か？」

声が、また一段と低くなり、剣先がロッサ殿下に向けられる。

「違う！　そ……、そうなればいいという私の個人的な……」

「個人的、か。では個人的に捕縛される方を望むのだな？」

「私が？　捕縛？」

「二択だ。個人として罪に服すか、王子として国家間の問題として議題に載せるか。まあどちらにしても君の失態は公になるだろうな」

ロッサ殿下にしてみれば、軽い気持ちだったのだろう。私は正式な婚約者ではないし、王子の自分が身を引けといえばそれで終わると思っていた。その上で、ロウェルが気に入った娘にちょっかいを出したら抵抗されたからカッとなった、程度のことだったのだ。

絶対に許せないけど。

まさかここまで大事になり、自分が断罪されるとは想像もしていなかったのだろう。

彼は第二王子。彼の下にも確か弟はいたはず。失態が公《おおやけ》になれば、多くいる王子の一人程度では王太子の座はもちろん、臣籍降下した時の爵位も下がるだろう。

「ああ、ロッサ。もう一つ選択肢をあげてもいいよ」

「もう一つ？　何だ？」

救いを求めるように殿下がロウェルを見る。

「私はサルマで一人の人間を捜していてね。なかなか見つからないんだ。隠してる者がいるから。なのでそれに協力してくれれば、今回のことは不問に処そう」

「協力……？」

「なに、簡単なことだ。一筆書いてくれればいい。『この書状を持参した者の問いに隠すことなく全てを話すように命じる』と」

「それだけでいいのか？」

「ああ。王子としての署名はしてもらうがね。もちろん、これは私的なことだ。国には関係ない」

ロッサ殿下は暫く逡巡していたが、やがて項垂れるとそれを受け入れた。

「いいだろう……」

「君が素直で助かるよ。ウィルベル、サルマの文官から『王子専用の紙』をもらって来い。ついでに侍女に言って、ロッサ殿下はお茶会に少し遅れるとも」

「かしこまりました」

ウィルベルはすぐに部屋を飛び出した。

「ロッサ、見逃すのは今回だけだ。二度とエリザに不埒な真似を働いたら、次は問答無用で切る」

わざと大きな音を立てて、ロウェルは剣を収めた。

「……魔王め」

「魔王？　私のことか？」

クックッ、と喉を鳴らしてロウェルが笑った。

「私は君の友人だよ。これからも末長くよろしくね」

「よく言う」

ロッサ殿下の吐き捨てるような言葉に、エーリクがポソリと答えた。

「逆鱗《げきりん》にさえ触れなければ、事実だと思いますよ」

それは私の耳には届かなかった。

その日、ロウェルは『糸口が掴めた』と言って私を帰した。

糸口が何なのかの説明は無しに。

そして忙しくなったからと、パーティへの出席を取りやめた。ウィルベルとエーリクも姿を見せず、彼と共に動いているようだ。

何かが変わるのだろうか？

糸口って何なのだろう？

ロッサ殿下に書かせた一筆の意味も、私にはわからない。

不安なまま十日ほど過ぎた頃、突然ロウェルに呼び出されてお父様とウィルベルと共に王家の離宮へ向かうことになった。

お父様達は事情を知っているようだったけれど、私は相変わらず何も知らされないまま馬車に乗り込んだ。

二人は馬車の中でも無言で、特にお父様は酷く難しい顔をしては、ちらちらと私を見ていた。

何かがある。

緊張した空気に、私からも言葉を掛けることができない。

一日かけて到着したのは初めて訪れる場所で、お父様から言葉少なにサルマとの国境近くであることと、王家の離宮の一つであることが教えられる。

サルマ……。

何となくこの遠出は私の呪いのことに関しているのだと察した。

重苦しい空気のまま家族三人で夕食を摂ると、メイドが他の客が到着したと言ったので応接間へと移る。

「カードが出揃った」

ロウェルは私達を前に言った。

その席には、ここのところパーティでもロウェルの側から姿を消していたエーリクもいる。

「ロッサ殿下の『口添え』で、レミュール子爵が今まで隠していた娘のいる修道院の場所を教えてくれた」

それって、あの時に書かせた一筆のことね。確か以前ウィルベルが留学した時に調べたけれど、子爵からは何も教えてもらえなかったと言っていたわ。

ロッサ殿下の一筆は子爵の口を開かせるためだったのだわ。自国の王子の命令では黙っていることはできないもの。

「本当にアレキサンドラ・レミュール嬢の居場所がわかったのですね？」

お父様の顔が強ばる。

アレキサンドラ・レミュール……。私を呪った女性。

「彼女はアブランドル修道院にいる」

「アブランドル……」

「エーリクに、アレキサンドラについて探らせた。もしも彼女が改心して善良なる者となっているのなら、直接話をして呪いを解いてくれるよう説得するつもりだった」

「『だった』ということは違うのですね？」

硬いお父様の声に、ロウェルは顎でエーリクに話せと命じた。

「アレキサンドラ・レミュールは例の一件の後アブランドル修道院に送られました。そちらは離婚したり病気であったり、何らかの問題を抱えた貴族の女性が入る場所です。戒律は比較的緩いようですが、外界との接触は禁じられています。子爵令嬢は修道女としては真面目に務めを果たしているようです。ですが、自分は貴族の娘で、いつか目が覚めた『夫』が私を迎えに来るのだと周囲の者に話しているようです」

それを聞いて、私を含めた全員が顔を歪めてしまった。

彼女は、まだお父様を待っている。自分の夢の中に留まったままなのか、と。しかもお父様を『夫』だなんて。

「アレキサンドラが改心していない以上、本人を説得して解呪を頼むのは無理だろう。子爵に因ると、アレキサンドラの母方には魔女の血が流れているが、彼女自身が魔女として力を振るったことはないそうだから、意識して解呪できるかどうかも怪しい」

ロウェルの言葉に父が唇を噛み締める。

「それでは娘は……！」

「先日説明した通り、解呪の方法は二つ。一つは魔女本人が解呪を実行すること、もう一つは呪いの媒体となっているであろう宝石を壊すこと、だ。子爵は娘に、母親から譲られたネックレスを持たせたそうだ。今生の別れとなるだろうから、形見としてというつもりだろう。修道院では着飾る必要はないから他には宝石は所持していないはずだと言っていた。念のため、我々が知り合った魔女に子爵家にある宝石を全てチェックしてもらったが、呪いの残滓があるものはなかった。つまり、そのネックレスが媒体となった宝石と見ていいだろう」

「ではそれを壊せば……」

ロウェルは頷いた。

解呪の方法が目の前に差し出された。喜びと不安で身体が震える。

これで解決できるかも知れないけれど、失敗したら？　そのネックレスが媒体でなかったら？　壊すことができなかったら？

喜びたいのに、喜んでしまうとそれが叶わなかった時の絶望が怖い。

「修道院には、たとえ私が身分を明かしても乗り込むことはできない。ロッサ殿下の一筆があったとしても、話をするのがせいぜいで、命令は下せない。聞き及ぶ彼女の性格からして、他人からの命令ではかたくなに拒むだけだろう。なので、芝居を打つ必要がある」

「芝居……、ですか」

お父様はロウェルを見返した。

「迎えに来たと、最高の装いで迎えて欲しいといえば、彼女は今自分の持っているもので着飾って姿を見せるだろう。信用させて近づいて、そのネックレスを奪って砕く。芝居とはいえ、妻以外の女性を迎えると口にするのは辛いだろうが……」

「……いいえ。娘のためならば、どんな言葉でも口にしましょう」

「侯爵」

「私の心はただ一人のものです。偽りを口にするのは確かに気の重いことですが、家族を守るためなら神もお許しになるでしょう」

お父様は笑った。

「お父様に……、彼女にプロポーズさせるつもりなの？」

不安になって問いかけると、彼は申し訳なさそうな顔で呟いた。

「芝居だ。だが相手は歓喜して警戒を解くだろう」

「でも……！」

身を乗り出した私を、お父様が諌めた。

「エリザ、これは父の軽率な行動から始まったことだ。私が責任を取るのは当然だ。何の罪もないお前を苦しめたことを考えれば、言葉だけの嘘を吐くぐらい大したことではない」

「姉さん。僕らはとても怒っている。自分の望みが叶わなかったからといって呪詛を吐き、神に仕えても尚反省もしていない女に」

「そうです。彼女は未だあなたの母上を、夫をたぶらかした悪女と口にしていました。あの女には罰を与えなければなりません」

ウィルベルもエーリクも、静かな怒りを漂わせていた。

彼等は、私やロウェルの苦しみを知っていたから。

「言葉は選ぼう。侯爵が奥方への誓いを破らないで済むように熟考する。誤解させればよいだけだから。決行は明日。急ぎたくはないが、私も長く城を空けるわけにはいかないからな。明日はロッサ殿下にも来てもらうことになっている。これでようやく全てが終わる」

ロウェルとお父様は目を見交わして頷きあった。

「そうしたら、国に戻って私達の婚約を発表しよう。今夜はそのことだけを考えて休むといい」

それだけ言うと、ロウェルは席を立った。その横顔が緊張しているように見える。

「侯爵、我々はもう少し詳しく打ち合わせを」

お父様も彼に付いて部屋を出て行く。

入れ替わりに入ってきた侍女に部屋へ案内され、馬車旅で疲れている身体を横たえた。

本当に明日で全てが終わるのかしら？　私はロウェルの手を取れるようになるのかしら？

その女性がとても力の強い魔女だったら？　芝居に気づいてより強い怒りを煽ってしまったら？

明日、何をどう行うのか私には説明がなく、彼等が芝居をしている最中どのように振る舞ったらいいのかもわからない。

不安は夕立の雲のように胸いっぱいに広がり、その夜は遅くまで眠ることができなかった。


その修道院は、白い石造りの美しい建物で、貴族の子女が入るに相応しい美しい建物だった。

出迎えてくれた老修道女は、若い男性の多い一行に、少し怯んだようだが、朝一番に合流したロッサ殿下の口利きと、先触れで訪《おとな》いを告げていたので、すんなりと応接室へ通してくれた。

飾りの少ない部屋に、質素なテーブルと椅子。

椅子に座ったのは、私とお父様だけで、ロウェル達はまるで警護の騎士のように立ったままだった。ロッサ殿下も、だ。

殿下は、ここへ来る馬車の中でロウェルから何か説明を受けたのか、酷く緊張した面持ちだった。

「失礼いたします。レミュール子爵令嬢をお連れしました」

私達をここへ案内してくれた老修道女が一人の女性を連れて入室する。

その女性は少し痩せていたけれど、赤い髪の、派手な顔立ちの綺麗な人だった。年はお母様より少し下ぐらいだろうか？

型遅れの若草色のドレスを身に纏い、胸元にはオパールのネックレスを下げている。

……あのオパールが、呪いの媒体の宝石なのだろうか？

「侯爵様……！」

彼女はお父様を見ると、目を輝かせた。

「ああ、迎えにいらしてくださると思ってましたわ。だって私の方が侯爵様に相応しいのですもの」

近づこうとして、付き添いの修道女にたしなめられ向かいの席に座らされたが、彼女の視線はお父様から離れなかった。

「込み入った話がありますので、席を外していただきたい」

エーリクが修道女に告げると、彼女は戸惑いながらもロッサ殿下を見た。

殿下が無言で頷き、修道女が部屋を出て行く。

「突然いらっしゃるから、装うこともできなくて……。でも侯爵様のところへ行ったら、新しいドレスで侯爵夫人に相応しい装いをしてみせますわ」

夢を見ているような目。その迷いのない視線に背筋がゾクリとした。

「アレキサンドラ嬢。あなたを迎えに来ました」

お父様の言葉に彼女が満面の笑みを浮かべる。

「だがその前に、娘にかけた呪いを解いてもらいたい」

「呪い？　何のこと？」

「最後に会った時、あなたは娘に向かって結婚できないようにしてやると呪詛を吐いたのを覚えていないのですか？」

「そんなこと言ったかしら？」

彼女は私を見た。

「……あの女そっくり。嫌な娘」

向けられた視線は憎しみに満ちたものだった。それは私というより私の向こうにお母様の姿を見てのものなのだろう。

「彼女は私の娘だ」

「大丈夫よ。これから私がいくらでも産んであげるわ」

「君は呪いを解くことができないのだね？」

「呪いなんて知らないもの」

「そうか……。君の身につけているネックレスは私の屋敷を訪れた時に着けていたものかい？」

「覚えていてくださったの？　ええ、そうよ。お母様から戴いたの。御祖母様からずっと伝わっていたものなの。でも侯爵婦人になったら、もっと派手なものの方がいいかしら？」

「こちらへおいで、アレキサンドラ」

お父様は立ち上がり、彼女に手を差し出した。

彼女は満面の笑みで立ち上がり、その手を取ろうとした。

けれどその手がお父様に届く前に、控えていたエーリクが素早く彼女の腕を捻り、床に押さえ付ける。

「何をするのよっ！」

ロウェルが彼女の首に手をやり、ネックレスを外して持っていた剣の柄でオパールを叩き割った。

オパールは、脆い宝石だ。保存する時の湿度が足りないだけで割れることもあるし、熱に弱い。

虹色の宝石は、あっけない程簡単に砕け、床に飛散した。

「お母様の形見を……っ！　侯爵！　この男達を捕らえて！　侯爵夫人に狼藉を働いたのよ！」

「レミュール子爵令嬢」

喚き続ける彼女の前に、お父様はしゃがみこんで視線を合わせた。

「あなたには魔女の血が流れているそうだ」

「それはそうだけれど……、私は魔女じゃないわ！」

「その血が、あなたの言葉を呪詛にした。あなたは私の愛する娘に呪いをかけたのだ」

「知らないわ！　もし呪ったっていいじゃない。もういらない娘だもの」

「人を呪って、『いいじゃない』と片付けるような女性を、私は妻にはできない」

抑揚なく話し続けながら、お父様はエーリクに彼女から手を離すように合図した。

「私の妻はマイアリーナただ一人だ」

「嘘よ！　私を迎えに来たと言ったじゃない！」

「君を迎えに来たのは、君を断罪するためだ。そしてはっきりと君の気持ちを拒絶するためだ。アレキサンドラ嬢、君の心の醜さに辟易《へきえき》した。二度と私の目の前に姿を見せるな」

「そんな……。嘘よ！　だってあなたは私が大人になったら結婚するって……」

「言っていない」

「私を愛してるはずよ！」

「一欠けらの愛情もない」

痛い言葉だった。

自分に向けられたものではないのに、これほどまでの拒絶の言葉は耳に入るだけでも心が痛む。

いつも穏やかに笑っていて、お母様に愛の言葉を囁く、優しいお父様。他人を攻撃するような言葉を口にするところなど聞いたこともなかった。

なのに、彼女に向ける言葉は辛辣で冷酷で、それがお父様の怒りだった。

「君は罪人だ」

冷たく言い放たれて、彼女が蒼ざめる。

ドレスの裾を握り締め、唇を噛み締めてふるふると震える。

泣いてしまうかと思った。悲しくて、辛くて。けれど彼女はおもむろに顔を上げるとキッと鋭い目で、なんと愛しいはずのお父様を睨みつけた。

「に……、偽物よ！　あなたは私の侯爵様じゃないわ！　私の愛する人はもっと優しくて……もっと素敵な人なんだから！」

どうして、愛する人を攻撃できるの？　目の前にいるのがお父様だって、あなたはすぐにわかったのに。

「この偽物！」

彼女がお父様に掴み掛かったところで、ロウェルが再び彼女を捕らえた。

「そこまでにしろ」

こちらもまた感情のない、冷たい声だった。

「離してよ！」

「彼は本物のオンブルー侯爵だ。ただお前を愛していないというだけの」

「違うわ！　本物なら私を愛するのよ！　愛さなきゃいけないの。私を幸せにしてくれなきゃいけないのよ！」

ロウェルの顔が微かに歪む。

「愛する者を幸せにするのは自分だろう。求めて自分の気持ちを押し付けることじゃない。お前は愛を知らない。愛とは相手を思い遣る気持ちだ。自分の望みが叶わないからと言って相手を攻撃するならば、それはただの執着に過ぎない」

「何よ！　あんたなんか関係ないでしょう！」

彼女の手がロウェルの頬を叩く。

避けられるはずなのに、彼は避けずにそれを頬に受けた。

同時にエーリクが彼女に背後から猿轡《さるぐつわ》を嚙ませる。

どんなに暴れても、もう彼女に自由はなかった。

「今ここで私に殺されないことを喜び、醜い執着で他人を不幸にした罰を受けろ」

蔑む視線を彼女に向けた後、ロウェルは王子様然とした厳しい顔付きでロッサ殿下を振り向いた。

「他国の王族と貴族への暴力行為、暴言。罪状は十分だろう。ロッサ殿下、彼女を罪人として引き渡そう。後は貴国に任せる」

「……引き受けよう」

「アレキサンドラ・レミュールは魔女の血統で、その言葉に呪詛の力を持っている。取り扱いには注意された方がいい」

「……本当に、呪ったのか？　ウィルベル、お前が呪いを調べていたのは、このためだったのか？」

殿下の言葉に、ウィルベルは静かに頷いた。

「詳しくは申し上げられませんが、その通りです。彼女のせいで、私達は苦しんできました。許されるなら、僕でさえ彼女を手に掛けることを厭わないでしょう」

「そうか……」

騒ぎを聞き付けたのか、ノックの音が響く。

ロッサ殿下が許可を与えると、修道女が扉を開け、拘束されたアレキサンドラを見て声を上げたが、殿下がそれを制した。

彼女は罪を犯したので、殿下の名の下に捕縛すると宣言し、外に待たせていた殿下の警護の者達を呼び入れるように命じた。

エーリクは猿轡だけでなく、いつの間にか彼女の手も拘束していて、足音高く入室してきた警護の者達に彼女を引き渡した。彼女はまだ現状が受け入れられないようで暴れていたけれど、男性の力には敵わず連れ出されてゆく。

場を指揮するのはロッサ殿下で、ロウェルもお父様も黙ってそれを見ていた。ここは他国だから、口を出すことは憚られるのだろう。

「エーリクは城に戻って私の代理を、ウィルベルは侯爵と共にロッサ殿下に同行を。侯爵、もしご気分が優れなければ先に戻られても」

「いや、最後まで見届けよう」

「エリザ」

そして私は……。

最初から最後まで、ただ椅子に座って全てを見ていた。

「おいで」

本当に呪いが解けたのか、これで終わったのか、その確証も得られぬまま人形のように差し出されたロウェルの手を取った。

何とも言えない空虚な心を引きずって……。

乗ってきた馬車で戻ったのは王城ではなく、離宮だった。

ぼんやりとして感情の収拾がつかない。

喜んでいいのが、安堵していいのか。悲しむべきなのか、驚くべきなのか。起こったことを整理することもできない。

ロウェルに誘われて部屋へ入ると、彼はメイドにお酒を少し落としたお茶を持ってくるように命じた。すぐに用意されたそれを手渡され、ゆっくりと飲むように言われる。

自分の行動すら考えられなくて、言われた通りに温かなカップに口を付ける。

味の分からない紅茶は、アルコールのせいか喉を通る時に少しだけ熱を零した。

それでようやく頭が働き出す。

「彼女は……、どうなるの？　……何故ロッサ殿下をあの場に？」

もっと先に訊くべきことがあるのに、それを避けて問いかける。

「レミュール子爵令嬢はサルマの貴族だから、私が裁くことはできない。だから、彼女を罰するためにはロッサ殿に引き渡すしかなかった。ロッサには、彼女がどういう人間か説明してある」

「説明？」

ロウェルはロッサ殿下に、貴国の貴族令嬢が呪いを駆使して我が国の貴族に害をなしている故、捕縛して欲しいと申し出たらしい。

呪いというものをあまり信じていなかったロッサ殿下に、それを罵詈雑言、名誉を傷つける言動として捉えてもらい、現場でそれを確認すればいいと押し切った。

先日の一件があったので、殿下は渋々護衛を連れてやってきた。

修道院へ向かう馬車の中で、ロウェルは殿下にお父様とレミュール子爵令嬢とのことを説明し、その結果娘の私に呪いが掛けられたことも伝えた。

信じなくてもいい、けれど自分がエリザと結婚できないのはその呪いがあるせいだ。

単なる『阻害』と認識するだけでもいい。何事も起きずに終われば(彼女が素直に解呪してくれれば)、協力に感謝してサルマから提案されている条約の幾つかに同意を示そう。だがもしその目で、子爵令嬢の暴挙を確認したら、サルマとして犯罪者にしかるべき措置を頼みたい、と。

結局、殿下は呪いを信じてはいないかも知れない。

けれどオンブルー侯爵に掴みかかり、ロウェル殿下の頬を叩いたことで、子爵令嬢は言い逃れのできない罪人となった。

「もう、あの女が外へ出てくることはないだろう。彼女に同情する必要はない。彼女は間違えたのだ。もし、オンブルー侯爵と結ばれることを願うのならば、たった一度の邂逅に夢を見ることなく自分の言葉ではっきりと愛を告げるべきだった。既に結婚をしているとわかった時に、侯爵夫人や君を罵るのではなく、どうして自分ではだめだったのかを訊くべきだった。彼女はオンブルー侯爵を愛していたのではない。自分の夢の中の王子様を侯爵に当てはめ、自分に都合のいい夢を見て、叶わないと癇癪を起こしただけだ。そして結局、彼女は自分の夢から醒めることはなかった」

空っぽになったカップをそっと私の手から受け取り、テーブルの上に置く。

「砕けた宝石は、エーリクが集めて例の魔女に渡す手筈になっている。よくわからないが、浄化の必要があるかも知れないし、呪いの残滓が悪影響を与えるかもしれないから」

「……呪いは、解けたのかしら？」

私はここでやっと、一番知りたかったことを口にした。

ロウェルの紫の瞳が私を見る。

「話の筋が通っているだけで、宝石が砕けた時も何も感じなかったの。本当は呪いは解けてないのかもしれないわ」

不安で息が浅くなる。

胸で手を組むと、ロウェルがその手を包むように握った。

「試してみよう」

「それでまた子供になったら？　あれでは呪いが解けていなかったら？　私はあなたと……」

「結婚する。結婚式で誓いのキスができなくても、上手くごまかしてみせる。なに、神様には少しだけ目を瞑ってもらえばいいだけだ。誓いのキスをしたいなら、後で二人だけですればいい。子供になっても、私はエリザを愛している。一生その唇にキスできなくても構わない」

「……ロウェル」

「幼い君も可愛いし、子供になってもキスぐらいなら許されるだろうからね」

気を楽にしようというのか、彼は微笑んでくれた。

彼の手が、頬に触れる。

微笑んだままの顔が近づく。

結果が怖くて目を閉じる。

「ん……」

自分と違う体温の、自分と違う感触が唇に軽く触れたかと思うと、突然強く抱き締められた。

唇を割って、舌が差し込まれる。

「……ぅ……ふ……っ」

舌は唇を大きくこじ開け更に奥へ入り込んだ。

生き物のように、柔軟な動きで口の中を荒らしてゆく。

私の舌を搦め捕り、それでも満足できずに吸い上げ、舐る。

一度離れ、もう一度求められて続く長いキス。

口を閉じることが許されず、唇の端から唾液が零れそうになるのを、彼の舌がすくい取るようにして唇を吸われた。

この触れ合いを終わらせたくないというような長い口づけ。

ようやく彼が離れてくれた時には、頭に熱が上がり、ぐったりと彼の腕に身を任せてしまった。

「エリザ」

倒れ込んだ私を受け止め、額と頬に軽いキスが与えられる。

「そのままだ」

そしてまた唇にも軽いキス。

「君は大人なままだ」

喜びが溢れんばかりの弾む声。

「呪いは解けたんだ」

「……解けた？」

思わず自分の手を見る。

細く長い指は、確かに大人のままだった。

身体も、ドレスはぴったりと身体に合っている。

子供になって身体が縮まれば、だふだぶの布と化してしまうはずなのに。

「解けてる……」

「そうだ」

「私……、もう呪われていないの……？」

「ああ。これからは、何時だって、何度だって私とキスできる」

それを実証するかのようにまたキスされる。

しっかりと唇と唇は重なった。でも私の身体には変化はない。

本当に、呪いは解けたのだ。

それを理解した瞬間、ぽろぽろと涙が零れた。

「私……、私……、ロウェルの花嫁になれるの……？」

「君しかなれない」

自分からも、彼の身体にしがみついた。

何度も諦めた、何度も苦しんだ。彼を好きだと、愛していると自覚して、でも呪いのせいで添い遂げることはできないと絶望して、何度も涙を流した。

でももういいのだ。

その苦しみも悲しみも、消え去ったのだ。

「私、あなたとキスできるわ、ロウェル」

拙い動きで彼の唇を求める。

口と口とをくっつけるだけのキスだけれど、初めて私から彼に贈る口づけだった。

「……エリザ」

涙で揺らぐ視界の中、頬を赤くして口元を隠すロウェルの顔が映る。いつもすましている彼のその顔が可笑しくて、思わず笑ってしまう。

「頬が赤いわ」

「君が大胆なことをするからだ」

「いつもあなたがするくせに」

「私はいいんだ。欲望の塊だからね。キスなんて可愛いものだ」

「ロウェルが可愛いわ」

「……私を可愛いなんて言うのは、君ぐらいのものだ」

指で額をコツンと突つかれる。

「あなたのそんな顔初めて見るわ。……いいえ、私が初めて子供になってしまった時も、そんな顔していたかしら」

「可愛かったからね。正直に白状すると、幼い君にも心は揺れた。もう二度と見られないかと思うと、それはそれで寂しいよ」

「もう子供になりたくないわ。だって、ロウェルの花嫁になれなくなってしまうもの」

「そうだな。君は私の花嫁だ」

照れた笑顔が消えて、彼の眼差しが真剣なものに変わる。

「君を手に入れることに、もう躊躇いを覚えることはないんだ。エリザは私のものだ。他の誰にも渡さない」

「ええ、戻ったらお父様にも言って、すぐに婚約を……」

話している途中で、彼は私を抱いたまま立ち上がった。

「ロウェル？」

落ちないよう、反射的に彼の首に手を回すと、抱えられたまま奥の部屋へ運び込まれる。

私に与えられたこの客室は二間続きだった。

今までいたのは居室で、奥の部屋は寝室になっている。だから運ばれた部屋にはきちんと整えられたベッドがあった。

ロウェルの足は止まらず、そのベッドへ近づいてゆき、そっと私を下ろした。

「君の全ては私のものだと言ってくれたね？」

並ぶように座って彼が訊いてくる。

「……言ったわ」

彼に全てを捧げてもよいと思ったあの日の後、私はお母様に結婚の意味を、閨のことを尋ねて、殿方が女性に何を望むかを教えてもらった。

だから、彼が何を望んでそれを訊いたのかを察し、顔が熱くなる。

それを見て、彼が笑った。

「私の望みを知っているような顔をしている」

「……まだ全てではないけれど、きっと……、多分……」

「では私はそれに手を伸ばしてもいいだろうか？」

「でも私達はすぐに結婚するのだし……」

「君にプロポーズの返事をもらったのは君が十六の時だった。あの翌日、私は正式に侯爵に婚姻を申し込み、どんなに長くても一年待たずに全てを手に入れられるはずだった。なのに今日まで待ったんだ、褒めてもらいたいくらいだ」

待てずに『ワルイコト』もしたじゃない、とは言えない。

一応全て未遂だったわけだし。

「まだ日が高いわ……」

「時間など関係ない」

「婚約もまだだし……」

「すぐに婚約も結婚もする。王族の結婚だから普通準備に一年はかかるものだが、全て手配済だから半年ぐらいで済むだろう」

「手配済みって……」

「婚約発表のパーティも、婚約式も、結婚の日取りが発表から半年にできるようにしてある。プロポーズした日から何度も検討したから万全だ。だが最短でも半年だ。あと半年も我慢しなければならないなんて耐えられない。この腕の中にエリザがいるのに」

言ってから、彼は顔を近づけてまた私にキスした。

「好きなだけキスできるというのはいいものだな」

そんな幸せそうな顔して微笑まないで。

つい、『そうね』と言ってしまいそうになる。

だって、ロウェルにキスされるのは嬉しいのだもの。

「いいね？」

その問いかけがどういう意味かわかっているのに、頷いてしまう。

「愛してる、エリザ」

頬に触れてくる彼の手が熱い。

私の頬も熱くなっているはずなのに、それ以上に彼の手が熱を持っている。

ベッド上、向かい合って座る彼の瞳に自分が映る。

頬にある手に手を重ねて、頬を擦り寄せる。

もう何度目かわからなくなったキスが贈られると、彼の前髪がはらりと落ちた。それを煩《うる》さそうに掻き上げる姿に胸が鳴る。

彼の、いろんな顔を見た。

王子様の仮面、穏やかな微笑み、意地悪な顔。慌てた顔も見た。冷静に公務をこなす姿も、静かな怒りを湛えて人を脅す姿も、冷酷なまでに断罪する顔も、頬を染めて照れた顔も。

いっぱい、いっぱい見てきたのに、また違う顔を見せる。

美しく整った真剣な顔。

「王太子として、いずれは王として、私は国民の全てにいろんなものを求められるだろう。その私が唯一求めるものがエリザ、君だ。やっと……、やっと手に入る」

はしたないと、誹られるかもしれない。

結婚前なのに肌を許すなんて、と。

でも愛する人にこれほど求められて、応えることしか考えられない。

抱き締めてきた彼の手が、私の背でドレスのボタンやリボンを外してゆく。

すっぽりと包まれた腕の中でドレスが緩められ、肩から落ちる。

ドレスが落ちて剥き出しになった肩に彼の唇が触れる。

微かな感触がくすぐったくて身を捩ると、追いかけるように唇が肩から腕に移る。

ドレスはかろうじて胸の膨らみに引っ掛かっていたけれど、それもすぐ彼が落としてしまった。

ドレスの下には白いアンダードレスを纏っている。レースの付いたビスチェとスカートを膨らませるため重ねて履いたペチコートだ。

淡い藤色の、フレアがたっぷりと付いたドレスは果実の皮を剥くように脱がされ、そのアンダードレスだけの姿にされる。

座ったまま脚をベッドの外に出し、身体に残っていたドレスを床に落とすと、背後から抱き締められた。

「途中で怖くなっても、どうか逃げないでくれ」

「逃げたりなんか……」

「もし逃げられたら、優しくできなくなってしまうかもしれない」

子供が甘えるように、彼が頭を擦り寄せる。

「優しくしたいんだ」

甘える声。

「ロウェルはいつも優しいわ」

「そうありたいと理性を働かせているからさ。だが君に触れると理性が飛びそうだ。いつも、いつも、君のことだけは冷静でいられなくなる」

前に回った手が、ビスチェの上から胸の膨らみを包む。

ドキンと、心臓が跳ねた気がした。

「他の誰にも見せたくないから、城へは呼ばず君の屋敷へ通った。社交界にデビューする前に恋を意識して欲しいと希った。それでも、君が私の前から姿を消すまでは、冷静だったんだよ?」

膨らみの柔らかさを愉むように手が動く。

「逃げられて、逃がすものかと思った瞬間から、私は君の虜《とりこ》なんだ」

「逃げるなんて……」

「あの時の喪失感が忘れられない。君がいなければ、私は個人ではなく王太子でしかなくなってしまう。笑うのも、怒るのも、仕事でしかなくなってしまう」

ビスチェのボタンが外され、するりと手が中に滑り込んだ。

「……あ」

硬い掌が、柔らかい私の胸を包む。

指が撫でるように動いてから、先端の蕾みを摘まむ。

「ん……」

軽く捩られて、前に触れられた時と同じように甘い疼きが身体の中で花開く。

「君が愛しいから抱くのと同じくらいに、他の男に渡さないために手を伸ばすのかもしれない。浅ましい男だな」

「……他の、……人のものになんて……」

次々と花開く疼きに抵抗しながら言葉を紡ぐ。

「……なりたくないから、その方法があるならそうして欲しい……」

「エリザ」

耳朶を軽く咬まれ、舐められた。

小さな水の音が鼓膜を揺らす。

それだけでも項に鳥肌が立ったのに、彼はそのまま耳朶を舐った。

「や……」

逃れるように身体を折るけれど、抱えられたままでは身体を離すことはできなかった。

前屈みになったから、膨らみが強調されるようにたわわに前へ零れる。

それを支えるように支えながら、指が先端の蕾みを弄る。

「あ……」

「そうするとも。誰にも渡さない」

耳元の声と、胸の指に翻弄されて体温が上がる。

「あ……、あ……っ。ん……っ」

縮こまるように身体を折り曲げる私の上から、のしかかるように彼の重み。

二つに折った自分の身体の内側で、彼の手が蠢く。その度に与えられる刺激に、声が止まらない。

ベッドの縁に腰掛けた彼の脚の間に捉えられて、抱き締められて、されるがままだ。

いつの間にか、ビスチェの前は全てボタンが外されて胸は露になっていた。でもロウェルは背後にいるから、見られていないからと、何とか羞恥心をごまかす。

触られているのに。

私の息が絶え絶えになった頃、彼の右手がまた動いた。

「……あ！」

ペチコートが掴まれ、たくし上げられる。

布はどんどんと捲られ、膝頭が見えたところで止まった。

けれどそれは終わりではなく、そこから彼の手が中に入ってきたのだ。

「……ロウェル」

懇願するような声を上げたが、意図は伝わらなかった。いいえ、わかっていて流されたのかもしれない。

内股を這い上がる手。

下履きの上から大切な部分に触れる。

布の上から擦られて、身体が震えた。

左の手はまだ胸に残っていて、上と下と両方から与えられる刺激に呑み込まれないよう力を入れるけれど、力を入れると却って敏感に感じてしまう。

「あ……、だめ……」

彼の手が、下履きの紐を解いた。

崩れてしまった砦を越えて、指が直に触れる。

「やぁ……、もう……っ」

「ちゃんと濡れてるね」

大切な場所から零れる露を、指は弄んだ。

卑猥な水音が、『濡れる』の意味を教える。

「もう、いいかな。私が我慢できない」

そう言うと、彼は私を手放した。

「あ」

消えた温もりに声を漏らすと、頬に軽くキスされた。

肩を取られ、向き合わされ、今度は唇に。

キスが楽しくて仕方がないみたいに。

見られてしまうのが恥ずかしくて、残っていたビスチェの前を合わせると、その間にロウェルが上着を脱ぎ下のシャツも脱いだ。

逞しい筋肉の付いた、私とは全然違う身体。

長い前髪をまた掻き上げ、そっと私の身体を支えながら押し倒した。

倒れると同時に髪が広がる。彼が残っていた髪飾りを外しながら、広がった髪の一房を手にして口付ける。

「とても綺麗だよ、エリザ。君に初めて触れる男が私で嬉しい」

ビスチェを掻き合わせていた手を取られ、広げられ、無防備になった場所へ彼の顔が埋まる。

「あ……っ」

合わせたばかりのビスチェを咥えて開かれる。

舌が肌を濡らす。

膨らみの麓から頂点へ。

先を含んで舌で弾く。

「……っん」

「下も取るよ」

断ってから、彼はペチコートの紐を解いた。

巻き付けるように付けていたペチコートがただの布になり、私の身体はもう殆ど全てが彼の目に晒されてしまった。

「……見ないで」

見下ろされていることに気づいて訴える。

「目に焼き付けたい」

「恥ずかしくて……」

「綺麗だと言ったろう?」

「もっと綺麗な人はいくらでも……」

「エリザは特別だ。私には君が一番だ」

じわりと胸に温もりが広がり泣きそうになった。

言葉が、私を喜ばせて。

どうしてこの人は私を喜ばせるのがこんなに上手いんだろう。

特別だと言われて喜ぶことで、自分が、取るに足らないような存在のような気がしていたことに初めて気づく。

自分が悪いわけではないと思いながらも、呪われて当然の存在なのではないかと、どこかで引け目を感じていたのかもしれない。

他人に迷惑をかけないように、私などいなくてもいいのだと思い込もうとしていた。

もし私が呪われて、家を出ることになっても、父には母が、母には父が、両親にはウィルベルがいる。ウィルベルにはいつか可愛いお嫁さんが来るだろう。

ロウェルにだって、相応しい令嬢が山ほどいる。だから、呪われて誰とも共にいることができなくても周囲を悲しませることはないと考えていた。

それは、自分のせいで誰かを悲しませたくないという気持ちでもあったが、同時に自分などいなくてもいいのではないかという不安でもあった。

それを、ロウェルは消し去ってくれる。

何度も私がいいと、私でなければいけないと口にし、私が一番だと言ってくれた。

今まで自分でも気づかなかった負の感情に気づかせて、瞬時に吹き飛ばしてくれた。

「私も……」

私より少し硬いけれどさらりとした彼の黒髪に触れる。

「ロウェルが一番好き。ロウェルでなければいやなの」

本当よ。

雰囲気に流されたり、あなたの言葉に酔いしれて口にしてるのじゃないわ。

「わかってる」

見下ろしている瞳が細められる。

ああ、本当に、わかってくれているのだわ。

「慎ましやかな君がこうして私に身を委ねてくれている。恥ずかしくても、常識を重んじても、エリザが自ら私を選んでくれたから逃げずに、抗わずにここにいてくれる。その意味を疑うことなどしない」

ああ……、わかってくれている。

そして一瞬だけ見せた少し泣きそうな微笑みが、私の気持ちを嬉しいと感じてくれているのだと教えてくれる。

指の背で頬が撫でられる。

撫でた手はそのまま肩から胸に流れ、身体が寄り添う。

「あ……」

私が『受け入れている』とわかって、動きは遠慮ないものになり肌を滑る。

近づいた顔はまた胸を捕らえ、貪った。

手で掴み、肉を食み、先を吸う。

更に手は腰に下り、女性らしいカーヴをなぞって下肢に伸びる。

私という形を確かめるように隈無く撫で回した後、遠慮なく脚の間に割って入り、下生えを探る。

探り当てた肉芽を、指を押し付けてグリグリと転がす。

「……んん、あ……あぁ」

どこをどう伝わっているのかわからないけれど、蕩けるような痺れが全身に広がる。

彼が触れる度に感じるものだけれど、新たな場所に触れられるとその度により強い痺れに上書きされてゆく。

皮膚がムズムズして、内側がドキドキして、感覚が下肢から溢れ出る。

脚を閉じたいのに、彼の存在がそれを許さなくて、閉じて力を込めて、もどかしい感覚に耐えたいのに、開いたままの身体はいつまでももどかしいまま。

「そ……こ、いや……っ」

どうにも堪らなくなって、許して欲しいと懇願した。

胸を嬲られるのも感じてしまうけれど、下で弄られている場所の方が辛い。

気持ちいいのに、辛い。

気持ち良すぎて、どうしたらいいのかわからなくて。

「痛い？　強くし過ぎた？」

「そ……、そうじゃなくて……」

説明できなくて顔を背けると、ポソッと呟いた彼の言葉が聞こえた。

「気持ちよ過ぎか……」

その通りなので聞こえなかったことにした。

ここを弄られると誰でも気持ちがよくなるものなのね。胸はわかっていたけれど、コンナトコロが気持ちいいなんて知らなかった。

「脚の力、抜いて」

「え……」

「もう指でココを弄らないから」

最後にもう一度クリッと押されてビクッと身体が痙攣する。

脚を開くのは恥ずかしかったけれど、この甘い苦しみが終わるならと膝から力を抜く。

でもまだ閉じたままでいると、膝頭を掴まれて左右に大きく開かれてしまった。

「……ロウェル！」

慌てて脚に力を入れたけれど、もう遅かった。

彼の黒い髪が、私の脚の間に沈んでいる。

「や……っ！」

約束した通り、指では弄られなかった。

代わって指よりももっと熱くて、柔らかいものがソコを転がしている。

「だめ……っ！　あぁ……っ」

お役御免になった指は、その下、濡れた場所に移っている。

蕩けて柔らかくなった場所は彼の指を簡単に受け入れ、入口のところに浅くではあるけれど内側に異物が入ってきた。

動いてる。

溢れる露を確認するみたいに、入口の柔らかさを確かめるみたいに、指が動いている。

意図せずソコに力が入ってきゅうっと締め付けてしまう。

それでも指は同じ場所から動かなかった。

はがゆくて、じれったくて、もう少しだけ進んでくれればいいのにと思ってしまう。

自分から求める言葉を口にはできなくて、上がってゆくばかりの熱に身を捩る。

「ロウェル……」

終に我慢できなくなって彼を呼ぶと、指は入り込むのではなく、引き抜かれてしまった。

「……あ」

惜しむような声が漏れる。

目を向けると、彼は寄り添っていた身体を起こした。

全身で感じていた彼の体温が引き剥がされ、思わず手を伸ばす。いかないで、離れないで、と。

身体を起こそうとして閉ざしかけた膝が、また大きく開かれる。

その真ん中に身体を置いた彼がズボンの前を開いた。

見てしまった肉塊から視線を逸らしたけれど、その姿は目に焼き付いてしまった。

見たことのない、自分にはないモノ。

ズボンから飛び出すように現れたモノは、屹立していた。

アレがきっと私に『入る』ものなのだわ。

教えてもらったもの。殿方の身体の一部がまるで剣が鞘に収まるように女性の中に沈められるのだと。

そうして男女は一つに繋がるのだと。

胸が逸《はや》る。

「わ……、私達、一つになるのですね……？」

少し間が空いてから、彼からの答えが返る。

「そうだよ」

目を逸らしたままだから、彼がどんな顔をしていたのかはわからない。

でも、声は悪いものではなかった。

「エリザ……」

背けていた顔を彼の方へ向けられる。

ロウェルはいつの間にか近くに寄っていたので、顔だけしか見えない。

「我慢の利かない男で御免ね」

強く抱き締められ、彼のコロンに混じって汗の匂いを感じる。

ロウェルの匂い。

触覚ではなく嗅覚で高揚する。

「だ……大丈夫ですわ、覚悟はできてます……！」

耳元で、クスッと失笑する声が聞こえた。

「それはよかった」

口づけられ、舌が絡まる。

手がまた愛撫を始める。

彼の手が、『私』を象ってゆく。

密着する肌と肌。

他人の肌を己の肌で感じるなんて初めての感覚だった。そして彼以外とは絶対に味わうことのない感覚だろう。

「あ……」

濡れた場所に指が伸びる。

また入口だけを嬲られて身体が疼く。

指よりも熱い塊が、ソコに押し付けられる。

怖くて、思わず彼の首にぎゅっと抱き着いた。

彼の全てが、私を愛撫する。

唇も、舌も、指も、肌も、匂いも、擦れる身体も。全てが頭の芯がクラクラするほど私を酔わせてゆく。

その中で、押し当てられたモノだけが緊張を呼び起こす。

酩酊してしまいそうな陶酔感に溺れそうになる度、意識を引き戻す。

「あ……ッ！」

襞が開かれ、押し広げられ、『彼』が入ってくる。

「……んんっ」

呼吸が止まる。

さっきまで与えられた快感が霧散する。

狭い場所に『彼』を受け入れることだけに集中する。

何とか力を抜こうとするけれど、全然上手くいかなくて、却って締め付けてしまう。

どうしたらいいのかと戸惑っているうちに、彼が身体を進めた。

「あ……っ！」

貫く、という言葉がぴったりな衝撃。

内側に、自分でもないものがあって、それは独自の動きで深く、深く、私の中心を目指している。

不思議な感覚は痛みとも疼きともつかないものを生みだし、一つになったはずの私と彼との境界線をくっきりと感じさせる。

けれどそれも擦れて、同じ熱さになって、溶けてゆく。

「は……っ、あ……、あ……ン」

突かれて、抜かれて、また突かれて、抜き差しを繰り返し、ゆっくりと奥が暴かれる。

最奥まで到達すると動きは急に激しくなって、突き当たった場所に何度も『彼』の先が当たる。

もどかしさの中心に、満足を与えようとするみたいに。

そこに欲しかった、と身体が答えを出す。

皮膚の上を滑る愛撫も、私を悦ばせた。甘くて、蕩けそうだった。

けれど内側の中心を穿つ彼の質量は、私を燃え上がらせる。

「ロウェル……、ロウェル……」

しがみついている手から力が抜ける。

離れたくなくて、必死に指を立てる。

「……ごめんなさ……」

「なぜ謝る？」

「爪が……」

爪が、彼の皮膚を傷つけてしまうことを謝罪したのだとわかったようだ。

「男の勲章だ」

と熱っぽく弾む声が返る。

「本当は私も君の全身に痕を残したいが、それは結婚した後にしよう」

痕を残す？

引っ掻かれたり、掴まれたりするのかしら？

考え事をした途端、左の手が外れてしまう。その手を取って、彼が腕の内側に唇を寄せた。

チクンとした痛み。

「今はここで我慢だ」

そしてもう一度自分の背に私の手が回るように引き上げた。掴まってもいい、というように。

でも、もう一度彼にしがみつくことはできなかった。

ロウェルの、私を求める動きが激し過ぎて。

荒波に揉まれる小船のように、細い私の身体が彼の身体に玩ばれる。

ロウェルの方がもがくように揺れる私の身体をしっかりと捕らえていて、腰だけを動かして私を突き上げる。

逃れられない彼の腕という檻の中で、食らい尽くされてゆく。

身体の内側で、彼が脈打っている。

いいえ、私が彼を締め付けている？

もうわからない。どちらもが必死で、相手を求めて、捧げて、味わって、一つになろうと足掻き続けている。

ただ一人。

あなたがいい。

ずっと待っていてくれた、ずっと愛してくれた、あなたがいい。

「ああ……っ！」

深く埋められたモノがこれ以上入らない場所を突き上げた時、感じたことのない快感が全身を駆け抜けた。

彼を受け入れた場所が収斂する。

背中から肩へ、ざわざわとした痺れが走り、首筋に鳥肌が立つ。

自身の身体が弾け飛んだような、目眩がするほどの快感。

「う……」

動きを止め、声を漏らしたのはロウェルだった。

震える私の中に、何かが溢れてくる。

じわりと広がってゆくそれは、私が彼だけのものになったのだという証だった……。


出会った時は、素敵な王子様だと思った。

けれど作り物のようで、美術品のように眺めるだけで満足していた。

彼が意地悪をして、泣いてしまった私に慌てた時、ああこの人の本当の顔が見られたと思った。

謝罪だと言って我が家を訪れて友人になろうと言われた時には、もう彼の表情を仮面だと思わなくなっていた。

ロウェルは、私の前では取り繕うことをしなかった。

いいえ、取り繕っていたのではないかもしれない。

仮面のような王子様が彼の標準装備で、それが普通だったのかも。

でも私の前では威厳も風格も他人に平等にしなければという素振りもなかったから、私は彼を友人として扱うことに決めた。

もちろん、ロウェルが我が国の第一王子であることは忘れたりしない。

でもそれは私が侯爵令嬢であるのと同じで、存在の一部だから意識するほどのことではなかった。

彼の髪が黒いというのと同じで、ロウェルを表すものの一つに過ぎなかったから。

でも彼は、その考えが特殊だと言った。

自分の周囲も、自分自身ですら、『王子』の後に『ロウェル』が付いてくるものだと思っていたらしい。

王子の一部がロウェル、という考えで、ロウェルの一部が王子と思う人はいなかった、と。

私にはその考えはわからない。

だって、ロウェルはロウェルだもの。

彼は優しくて、気品があって、ちょっと意地悪で、人をからかうところがあって、王子様で、男の子で、私の友人。

『王子』は、沢山の『ロウェル』を作っているものの一つだった。

だから、私が彼を好きになったのは、王子様だからではなく、いつも私を見つめてくれる紫色の瞳だと思う。

穏やかで優しくて、時々きらきらとイタズラっぽく光るあの瞳に魅了されたのだ。

好きだと言われて、恋を意識して欲しいと言われて、私は考えた。

侯爵令嬢としていつかは誰かと結婚しなければならない。

では誰と結婚したい？

優しくて頼りがいがあって、私を愛してくれる人がいいなと思った。

その時に頭に浮かんだのはロウェルだった。

意識した時には、まだ少女の憧れに近い恋だったかもしれない。

けれど呪いに気づいて彼と離れた時、『会いたい』と心から願って、彼が唯一の人だとわかった。

他の人と結婚するなら、誓いのキスをごまかすことはできるだろう。子供に戻るというだけの呪いならば、受け入れてもらえるかもしれない。

それでも、他の人が考えられなかった。

他の誰でもなく、ロウェルがよかった。

だから苦しかった。

唯一と思った人と結ばれないのだから。

でも、ロウェルは私のその苦しみを全部取り払ってくれた。

私が呪われていてもいいと言ってくれた。

他にもっと美しい人や彼に相応しい人がいるのに、私がいいと言ってくれた。

私を他の誰にも渡さないと言ってくれた。

一緒に呪いを解こうと言ってくれて、本当に呪いを解いてくれた。

そして私を奥さんにしてくれる。

その幸福を噛み締めながら、私は彼の腕の中で眠りに落ちた。

これからは、ずっと一緒にいられるのだわ、と思いながら。


けれど現実はそう簡単ではなかった。

翌朝、迎えの馬車が来ると、彼は城へ、私は侯爵邸へと連れ戻された。

王城から使者が来て、ロウェルからとの正式な婚約が整ったけれど、そこからが大変だった。

王太子の婚約者が決まったのだから、婚約発表の席を設けなくてはならない。

正式な婚約者なら、王妃教育も受けなくてはならない。

結婚するのだから、その準備も必要だ。

新しいドレスに靴に、宝石、小物。全てを新しく揃えるために、お母様と私は大忙し。

更に、確定した王太子の婚約者はあちこちのパーティやお茶会に引っ張りだこ。王妃教育を理由に大分間引きはしたけれど、これからのお付き合いもあるので全てを断ることもできない。

一方のロウェルも同じ。

それに加えていつもの執務と、今回の一件でロッサ殿下を巻き込んだので、彼と色々と話し合いをしなくてはならないそうだ。

外交関係の話でもあるらしく、お父様もお城に詰めっぱなし。もちろん、ロウェルの補佐官であるウィルベルも。

パーティにエスコートされることはあっても、それは衆人環視の中。プライベートな会話などできるはずもない。

それに、ロウェルがいなくても私にはパーティのお誘いは来る。

正式な婚約発表の前なので、王室からお断りすることはできないし、我が家のお付き合いというものもあるのだ。

パートナーはウィルベル。

ロウェル、お父様、ウィルベルの中で一番時間が作れるのと、ロウェルがウィルベル以外を認めなかったので。

パーティでは既に噂が出回っていて、祝福と嫌味が凄かった。

ウィルベル狙いのお嬢様達は別として、王太子妃候補に十分な身分のお嬢様達からの攻撃はかなりのものだった。

中には、「あなたなどより私の方が相応しいわ」と面と向かって言ってくる方もいた。

覚悟はしていたし、ロウェルの婚約者として認められているからこそだと思えば気にはならなかったけれど。

だって、今までは曖昧に笑って流すしかできなかったのだもの。

大変というなら、婚約者のいないウィルベルの方が、令嬢達に迫られて大変だったのではないかしら？

そんな訳で、私とロウェルが再び二人きりでゆっくりと会話ができたのは、離宮を出てから一カ月も過ぎてからだった。

「まずエリザを補給させてくれ」

二人きりになった途端、彼は私を抱き締めた。

「……癒される」

もう正式な婚約者なので護衛も付き添いの侍女もなく個室に二人きりになることを許されているから、私が案内されたのは彼の私室。

抱き合っていることを咎める人はいない。

こんなに長く付き合っているのに、彼の私室に入るのはこれが初めてなのはちょっと不思議な気もするけれど、それが今までの私の立場だったのだと実感する。

婚約式の細かい打ち合わせのための時間と言われていたけれど、どうやらただ二人だけで会いたかったというだけみたい。

……私もだけど。

「ずっとこのままでいたいが、取り敢えず事務的な話をしよう」

ようやく身体を離してから、ロウェルは私を長椅子に座らせて、自分はその隣に腰を下ろした。なにげに腰に手が回っているけれど、私も嬉しいので何も言わない。

「事務的、ですか？　婚約発表パーティのことでしたら……」

「それは他の者達が手配するだろう。ドレスは届いた？」

「はい。とても美しくて素敵でした」

届いたドレスは、ロウェルの瞳と同じ紫がかった濃紺で、銀の刺繍が全体に施された大人っぽいデザインだった。

一緒に届いた髪飾りは、サファイアと黒曜石で、明らかに彼の髪と瞳の色。正に当日は彼色に染まることになる。

「やっと私は君にドレスを贈れる身分になったな」

子供の頃のことを思い出したのか、彼が嬉しそうに笑う。

「パーティのことでないのなら事務的なことって？」

「サルマとの外交と、あの子爵令嬢のことだ」

子爵令嬢と言われて身体がピクリと震える。

「あの女は牢獄に収監された。呪いのことは公にはできないが、自国の王族の前で他国の貴族と王族に暴行を働いたのだから当然だな」

本来なら、極刑もあり得る罪だ、と彼は続けた。

けれどロッサ殿下からの嘆願があったらしい。

「ロッサは自国のことなのに魔女というものの知識が足りなかったことを反省し、知識を得て管理するために彼女を利用したいらしい。今現在魔女がどれだけいるのか、何ができるのか。もしも自分達が呪われたらどうすればいいのかと不安になったようだ」

「でもそれではサルマが魔女の力を利用するのでは？」

「それは考えた。なので、我が国からも調査研究に人を出すことにしてある。こちらでは魔女という存在はいないが、呪い師や占い師としては存在しているから」

「……私の呪いのことについて教えてくれたおばあさんはいい人でした。決して魔女だからと迫害されないようにお願いします」

「考慮しよう。次にロッサ殿下だが、暫く我が国に滞在する」

「親善大使として、ですね？」

「それもあるが、どうやら気になる女性がいるらしい。それと、妹の相手にマルセルを狙ってるフシもある」

「まあ……」

「色々と協力してもらったし、彼の目が君から移るのは大歓迎なので、黙認することにした」

「協力してあげるのではなく、黙認なのですか？」

「政略ならば考えるが、自由恋愛には口は出さない。私もそうだからね」

それもそうね。

王太子である彼が間に入れば、お相手の女性が断れなくなってしまうもの。

「マルセル様のこともですか？」

「そろそろ社交界に出すことを考えてはいるが、それも含めて相手が隣国の王女なら父上達が考えるべきことだろう。マルセルが嫌がったら、マルセルに味方するけれどね」

それもそうね。

「それから、私達の結婚式は半年後に決まった」

「随分早いのですね」

以前彼が言っていたように、王族の、王太子の結婚式となれば準備に一年はかかる。

何せ国事行為なのだし、関係各国の方々をお招きすることになるので、皆様のスケジュールなどを考えるとそれぐらいは必要なものなのだ。なのに本当に半年後にしてしまったのね。

「本当は明日にでもしたいくらいだ」

「婚約発表が三日後ですのよ？」

思わず笑ってしまうと、彼は私を引き寄せた。

これで隣り合って座るのではなく、彼の腕の中に捕らえられる形になる。

「待たされた時間が長かったからね。もう片時も離したくない。いっそ今ここへ閉じ込めて帰さないでおきたいのだが、まあそれは無理だろう」

「当たり前です」

本気じゃないわよね？

上目使いで彼を見ると、ロウェルは微笑みで返した。

「だから、母上が君に部屋を与えるそうだ。婚約発表が終わったら、城へ移って来るように、と」

「私が？　お城に？」

突然の提案に思わず声が大きくなってしまう。

だって、まだ婚約なのに。

「母上も、早く君を娘として可愛がりたいらしい。王家は男子二人だからね、ドレスや菓子の話のできる女の子が欲しかったようだ。結婚したら私が君を離さないとわかってるから、結婚前に堪能したいんだろう。部屋は私の部屋の近く……、にして欲しかったのだが、母上の部屋の近くになる。後で案内しよう」

「もう準備されているのですか？」

「かなり前から用意していたらしい。私も知らなかった」

驚きもあるけれど、歓迎されていることが嬉しかった。

王妃様は私にとっても憧れの女性だったから、認められたみたいで安堵する。

「どうやら母上は君が呪われていたことを知っていたようだ」

「え？」

「私との結婚を内々に君の母君に打診していて、その時に打ち明けられていたみたいだな。呪いの内容までは知らなかったようだが、呪われた経緯と呪われていることは説明されたらしい」

「でもお母様はそんなことは……」

「考えてみれば、私が君を求めていることは知っていたのに急かしたりしなかったし、他の相手を候補に上げることもしなかった。全て知った上で、解決するのを待っていてくださったのだろう」

「王妃様……」

王妃様のお心遣いに感激している私の隣でロウェルが訊いた。

「そういえば、ウィルベルから聞いたが、彼と出席したパーティでシガリス侯爵令嬢に絡まれたらしいな？」

「……ええ、まあ」

心配されるのが嫌で、お嬢様達からの口撃の話は彼には一切、伝えてなかったのに。

でもウィルベルから報告が上がっているなら、ごまかしても仕方がないわね。曖昧ながらも肯定するしかないわ。

「自分の方が王太子妃に相応しいと言われたんだって？」

にやにやと口元が緩んでいるから、事の顛末は知っているのだろう。

「あなたとの婚約が整ってから、そういう人は沢山いたわ。まだ婚約発表がされていないから、取り消されたり入れ替わったりするかもしれなくてよ、って」

長らくお相手の決まらなかったロウェルの婚約者の座を狙っていた女性は多い。

それこそ、私がただ一人の候補となった時から、色々と言ってくる人はいた。

呪いが解けるまで、私はそんな言葉を否定することができなかった。

ロウェルと結婚できない可能性の方が大きかったのだもの。

「それで？　エリザは何と答えたんだ？」

でも今は違う。

「知っているんでしょう？　だったら言うまでのことはありません」

「君の口から聞きたいんだ」

ねだるように彼の指先が私の髪をクルクルっと巻いてイタズラする。

「お願い」

きっと、こんな甘えたロウェルの顔は誰も知らないわね。

その特別感に絆されてしまう。

「……『決めるのはロウェル殿下ですからどうぞ彼にそう言ってください。私は殿下の愛情を疑わないので御本人から別れようと言われるまでは誰に何を言われても私は殿下のものに変わりはありません』と答えました」

だって本当のことだもの。

「満点の答えだな。言っておくが、私が君と別れる日は来ないよ。君が別れたいと言っても」

「そんなことは言わないわ」

「もちろん、言わせないさ。もし言いそうになったら、こうする」

顎を取られ、唇が塞がれる。

言葉を奪うに相応しいキスは、私が何かを言おうとする度に深くなってゆく。

「ロウェ……」

終わったと思って名前を呼ぶと、またキスされてしまう。

何度も何度も繰り返して熱いキスを受けているうちに、抵抗する力も奪われてしまった。

ぐったりと身を任せると、更に私を好きに貪ってから解放してくれた。

「呪いが解けなかったら、一生唇にキスできなくても我慢しようと思っていたが、やはり唇を重ねることは大切だな」

濡れた唇を彼の指がなぞる。

「君の言葉を奪うために」

からかわれてると思ってちょっとムッとする。

私はいつも彼の掌の上にいるみたいだわ。

「……キスは神聖なものなのよ？」

「わかってる。神聖で、大切な行為だ。だからこそ、私はエリザにキスするんだ。神の前でなくとも、誓いでなくとも、これから何度もキスするだろう」

笑っているけれど、真っすぐに私を見下ろす瞳。

ずっと、この瞳が私を求めて、待っていてくれた。

彼が、子爵令嬢に向けて言った言葉が頭を過る。

『愛する者を幸せにするのは自分だろう。求めて自分の気持ちを押し付けることじゃない。お前は愛を知らない。愛とは相手を思い遣る気持ちだ。自分の望みが叶わないからと言って相手を攻撃するならば、それはただの執着に過ぎない』

あなたはずっとそれを体現してくれていた。

私を幸せにするために、自分の気持ちを押し付けたりせず、ずっと支えてくれていた。苦しむ私を思い遣ってくれていた。

愛してくれているから。

私も、寄り添ってくれた彼を大切にしたい。

彼が、王として立つのを支えたい。けれどそれ以上に、一人の人として生きていけるように、彼の全てを受け入れてあげたい。

意地悪も、イタズラも、甘えるのも私にならしてもいい。泣いたり、笑ったり、怒ったり、照れたりする顔を全て見せて欲しい。

この先、年を重ねてもずっと。

「……私、新しい呪いにかかったみたい」

「え？」

「あなたと結婚したいという呪いに……」

一瞬驚いた彼が破顔する。

「それは私にしか解けない呪いだな」

「ええ、早く解いてね」

「言われなくても」

お互いに相手の身体に腕を回し、しっかりと抱き合ってもう一度唇を重ねる。

何度キスしても足りないというように……。

あとがき

皆様初めまして、もしくはお久し振りです。火崎勇です。

この度は『キスは絶対お断り！　婚約破棄したい侯爵令嬢ですが、完璧王子の溺愛から逃げられません』をお手に取っていただきありがとうございます。

イラストのなおやみか様、素敵なイラストありがとうございます。担当のN様、色々とありがとうございました。

さて、今回のお話いかがでしたでしょうか。

ここからはネタバレもありますので、お嫌な方は本編読後にお読みください。

お父様が美形過ぎたせいで、とんだ呪いを受けてしまったエリザ。

それがなければ社交界デビューとともにロウェルと婚約、一年後には結婚だったはずなのですが、とんだ回り道をしてしまいました。

でもそのおかげ（せい？）でロウェルの深い（重い？）愛情を感じることができてよかったのではないかと。

ロウェルは最初エリザのことを気に入ってはいたのですが、溺愛というほどではなかったのです。

でも彼女と離れて、先に社交界に出てから『王太子』の自分を狙って媚びを売る女性、その立場に萎縮してしまう女性達と出会う度に『これがエリザなら……』という思いが強くなり、彼女に溺れていったという感じです。

なので、エーリクにはかなり強めに牽制していました。

でも仕事中に疲れてくると「エリザと会いたい」と愚痴ったり、忙しくても彼女と会う時間を作れなどと無茶な命令を受けていたので、エーリクは牽制されなくても彼女にだけは手は出すまいと心に決めていたんですが。

ちなみに、エリザが幼くなってもその気になってしまったロウェルは後で猛省しました。

仕方ないじゃないか。あの姿だって十分可愛いし、彼女であることに変わりはないんだし、あの時自分は臨戦態勢だったんだし。

でも人としてどうなんだ。このことは絶対に秘密にしないと、と……。

いつか二人の間に娘が生まれて、それがエリザそっくりだったら、この時のことを思い出してまた猛省するのでしょう。そして自分でもあんなことを考えたんだから、他の男達に注意しないと、と警戒心を強めるのでは？

まあ全てが丸く治まったわけですが、これからは二人はどうなるのでしょうか？

身分的にも何の問題のない二人ですから、大きな邪魔もなくすぐに結婚して幸せに暮らすのでしょうが、それでは面白くないのでちょっとしたトラブルが起きてもいいのでは？

たとえばロッサの妹が乗り込んできてロウェルに一目惚れするとか。

ロッサはロウェルの怖さを知っているので止めはするのですが、王太子の彼に相応しいのは王女のワタクシよ、と譲らない。

エリザはロウェルを疑わないのですが、大臣達の中には国策として王女の方がいいのではと言い出す者が現れたりして。

ロウェルは、最初は我慢して王子として対処するけれど絶対途中でブチ切れると思う。しかも静かに、冷酷に。

くだらないことを言う大臣達は身辺調査して左遷。王女には無礼を指摘し、とても王女として相応しい女性とは見えませんねと笑顔で言いそう。

そしてロッサにしたのと同じように、他国の婚約者に対しての無礼を正式にそちらの国王陛下に申し立てをさせていただくと言うと、ロッサが慌てて妹を連れ帰るかな。

やっと手に入れたエリザとの時間を邪魔する者は許せないんです。

ではエリザ側にロウェルのライバルが現れたら？

彼女が領地に帰ってる時に呪いの相談をして親しくなっていた神官が王都にやってくる。これが美形で優しくていい男だったら？

エリザが親しくしてるから邪魔もできない。

エリザの屋敷に行くとその神官がいて、二人で楽しそうに会話してるのを見ると、イライラが募ってゆく。八つ当たりされるのはエーリクですね。

プライドがあるから、あの男と私とどちらを選ぶんだ、などと訊けない。微笑んで「私の婚約者に優しくしてくれてありがとう」と牽制するのがせいぜい。

でも最後には我慢しきれなくて、口に出してしまうんだろうな。

その時、ヤキモチ焼いてると素直に言って泣きつくのか、それとも自分の目の前で他の男と親しくするなんて悪い娘だと強引に手を出すのか。

いずれにしてもロウェルはギリギリまで我慢してからキレるタイプだと思います。

そしてキレてからはデロデロに甘えて、甘やかすかと。

ちなみに、呪われたのがロウェルで彼が子供になってしまったら、エリザは可愛いと溺愛するでしょう。弟みたいに抱っこしたりして。

初めはその扱いに不満を嘆いても、彼はチャンスとばかりにたっぷり甘えるだけです。それを冷たい目で見るエーリク、といった感じ？

さて、そろそろ時間となりました。またの逢う日を楽しみに、皆様御機嫌好う。

火崎　勇

ガブリエラブックス好評発売中

gabriella books

転生した男爵令嬢は、国王陛下の28人目の婚約者に選ばれました

陛下、今度の人生は溺愛されたいです

火崎 勇　イラスト：なおやみか／ 四六判

ISBN:978-4-8155-4307-5

「誰にも渡さないし、どこにも行かせない」

男爵令嬢のリリアナは、怠惰だが美しい国王デュークスの28人目の妃候補に選ばれた。彼は妃候補を次々と喪っていたのだ。前々世で夫の国王に斬られた記憶を持つリリアナは面倒事を避ける為、体に引き継がれた大きな傷跡を見せ縁談を断ろうとするが、デュークスはそれを見て彼女と結婚すると言い出す。「お前が喜ぶことをもっと教えろ」全てに無関心な王が、リリアナにだけ甘い執着を見せはじめ!?

ガブリエラブックスをお買い上げいただきありがとうございます。
火崎 勇先生・なおやみか先生へのファンレターはこちらへお送りください。

〒110-0016 東京都台東区台東4-27-5（株）メディアソフト
ガブリエラブックス編集部気付 火崎 勇先生／なおやみか先生 宛

gabriella books

MGB-109

キスは絶対お断り!!
婚約破棄したい侯爵令嬢ですが、完璧王太子の溺愛から逃げられません

2024年3月15日 第1刷発行

著者 火崎《ひざき》 勇《ゆう》

装画 なおやみか

発行人 日向晶

発行 株式会社メディアソフト
〒110-0016
東京都台東区台東4-27-5
TEL：03-5688-7559 FAX：03-5688-3512
https://www.media-soft.biz/

発売 株式会社三交社
〒110-0015
東京都台東区東上野1-7-15
ヒューリック東上野一丁目ビル３階
TEL：03-5826-4424 FAX：03-5826-4425
https://www.sanko-sha.com/

印刷 中央精版印刷株式会社

フォーマットデザイン 小石川ふに（deconeco）

装丁 齊藤陽子（CoCo. Design）

ISBN 978-4-8155-4335-8